pulp

mast

Les Edgerton hat einen etwas unkonventionellen Hintergrund für einen Literaten. Bevor er seinen Abschluss an der Indiana University in South Bend machte, sich mit creative writing beschäftigte und fünfzehn Bücher veröffentlichte, hatte der in Odessa, Texas, geborene Edgerton über vier Jahre in der Navy zugebracht und wegen Einbruchs, bewaffneten Raubüberfalls und versuchter Hehlerei zwei Jahre im berüchtigten Pendleton Reformatory abgesessen. Mittlerweile lebt der Vater zweier Töchter aus früherer Ehe mit Frau und Sohn in Ft. Wayne.

LES EDGERTON

DER VER GEWALT IGER

pulp master

pulp master
Band 40

Erschienen bei PULP MASTER, Berlin

Deutsche Erstausgabe
Erste Auflage 2017

Titel der amerikanischen Originalausgabe: The Rapist

Herausgegeben von Frank Nowatzki
Übersetzt aus dem Amerikanischen
von Ango Laina und Angelika Müller
Redaktion: Ute Nowatzki, Robert Schekulin
Cover: 4000
Umschlagsgestaltung und Layout: MM-Grafomat
Druck und Verarbeitung: www.Bookpress.eu

Veröffentlicht als
PULP MASTER Paperback 978-3-927734-72-2

This work was negotiated through
Agency Thomas Schlück GmbH, 30827 Garbsen

Bibliografische Information Der Deutschen Bibliothek.
Die Deutsche Bibliothek verzeichnet diese Publikation in der Deutschen Nationalbibliografie; detaillierte bibliografische Daten sind im Internet über http://dnb.ddb.de abrufbar.

www.pulpmaster.de

»Vergangenheit, Gegenwart und Zukunft existieren gleichzeitig, wie unsere Träume beweisen.«

John William Dunne - Recurring Theme

Kapitel eins

Die Gegenwart

Ich sag Ihnen, wer in dieser Zelle lebt: Jemand Perfides – sein Name ist Heimtücke. Sein Name ist Lügner; Frevler; Wahrheitsschänder; Heuchler. Er wohnt allen Mitgliedern der Gemeinde gleichermaßen bei, erklärt reihum jedem, er sei ihm das Liebste, während er in seinem nicht enden wollenden Stelldichein mit dem Verzehr von Seelen bereits mit der nächsten Verabredung liebäugelt.

Er wird Sie einsaugen, verschlingen, das Mark Ihrer Seele essen und die Hülle ausspucken. In seinen Augen steht nur das Flackern ungeweihter Kerzen. Er ist schwarze Magie ohne Erlösung, ist frei selbst von dem geringsten Vorzug, den man noch als menschlich bezeichnen könnte, und ist wiederum nichts von alledem; er ist all das, von dem man annimmt, dass es menschlich sei, die Summe jener Eigenschaften, die die Farbe hervorbringt, die jedwedes Licht absorbiert: Schwarz. Er verfügt über kein Zentrum – jeder Einzelne von Ihnen ist sein Zentrum – und er hat das Innere eines jeden ausgelutscht, den er heimgesucht hat. Nehmen Sie sich vor dem Sohn des Molochs in Acht, der in dieser vergitterten Zelle auf und ab schreitet.

Diese gottlose Kreatur ist niemand anderes als der Verfasser der vorliegenden Erzählung, Truman Ferris Pinter – der Name, mit dem meine Eltern mich bedachten und den der Staat mit einem Zusatz versehen hat: Häftling 49028. Und die zuvor zitierten Worte sind nichts als die infamen Schmähungen des Mannes, der mich ungerechterweise angeklagt und dafür gesorgt hat, dass an mir ein

Todesurteil vollstreckt wird, im Rahmen einer Exekution meiner Wahl – durch den Strang oder durch ein Erschießungskommando? In wie vielen Stunden, von jetzt an gerechnet? Der Ablauf der mir noch zur Verfügung stehenden Zeit ist nicht Gegenstand meiner Aufmerksamkeit. Es trifft nicht zu, dass der Verurteilte jede verstreichende Minute der ihm verbleibenden Zeit auskostet und zählt.

Vielleicht werden Sie nach der Lektüre dieses Berichtes zu einem anderen Schluss darüber gelangen, wer ich bin. Vielleicht nicht ...

Ich werde meine Geschichte der Reihe nach erzählen, spüre ich doch, ungeachtet der zeitlichen und räumlichen Distanz, dass Sie wesentlich jünger sind als ich und ohne jeden Zweifel mit fader Fernsehkost aufgezogen wurden.

Ihre Aufmerksamkeitsspanne dürfte knapp über null liegen und Ihr Verständnis für alles Geschriebene noch darunter, also werde ich es nicht zu kompliziert machen. Und immer eins nach dem anderen. Um Sie nicht zu verwirren.

Ich sah sie am Abend vor der Vergewaltigung.

Ich radelte an unserer örtlichen Gaststätte vorbei. Seinerzeit übte ich keinen Beruf aus, habe ich nie, nicht zuvor und nicht danach, da mein Vater, ein weitsichtiger Mann, fleißig in eine Lebensversicherung in Höhe von fast einer Million Dollar eingezahlt und meine Mutter die Güte besessen hatte, im Verlaufe meines zwanzigsten Lebensjahres zu verscheiden und den Großteil des Vermögens mir, ihrem einzigen Nachkommen, zu hinterlassen. Andererseits meine ich, sehr wohl eine Art Beruf auszuüben: den sparsamen Umgang mit meinem Erbe und dessen Vermehrung; allerdings ist das eine Tätigkeit, die nur einen kleinen Teil meiner Zeit beansprucht. Hauptsächlich dreht es sich darum, mit gutem Gespür einen Fachmann auszuwählen, zur Seite zu treten und ihn seine Arbeit machen zu lassen.

Ich beschäftige beziehungsweise beschäftigte mich mit verschiedenen Dingen, um mir tagsüber die Zeit zu vertreiben, viel Lektüre, ein wenig Schreiben, hin und wieder zum Angeln, ein Bier in der Gaststätte und so weiter. Das Leben eines Gentlemans ist es, was ich vor dem Hintergrund meiner Veranlagung und Situation anstrebe und was mir liegt. Ich genieße eine gepflegte Unterhaltung und wenn dies auch streckenweise ein eher rares Gut ist, so verirrt sich doch ab und an irgendein Professor oder belesener Schulabsolvent, landet in der Gaststätte und man trinkt ein Bier zusammen. Ich kann durchaus eloquent sein, sofern die Zuhörerschaft aufnahmefähig ist, und weiß so manches über Homer und andere Geistesgrößen und bin schmallippig nur gegenüber Einfaltspinseln und Schlaubergern, von denen die Welt tragischerweise derzeit voll bis zum Überlauf zu sein scheint. Würde der Styx heute fließen, benötigte Charon einen Dreischichtenbetrieb, diverse Besatzungen und außerdem eine Brücke mit sechs Bögen.

Um auf den fraglichen Abend zurückzukommen – ich war auf dem Nachhauseweg von meinem wöchentlichen Marktbesuch und beschloss, an der Gaststätte vorbeizuradeln, statt hineinzugehen. Ich bin beileibe kein Stammgast mit meinen – wenn es hochkommt – drei Besuchen im Monat, also war es nichts Außergewöhnliches, Joe's

Tavern (origineller Name!) links liegen zu lassen, so, wie ich es an diesem Abend tat.

Es war kurz nach neun und da, wie Sie sicher wissen, unsere Umkreisungen der Sonne exakt verlaufen, da es im Übrigen diesem Breitengrad eigen ist, zu diesem Zeitpunkt kurz nach der Sommersonnenwende, im Juli, dürfte Ihnen sofort klar sein, dass ein Vollmond den Himmel zierte und genügend Licht bereitstellte, um einem das Lesen einer auf Armeslänge gehaltenen Tageszeitung zu ermöglichen. So war es, als ich mit meinem Drahtesel an rohem, dröhnendem Gelächter vorbeistrampelte, das ziemlich sicher einer der beiden drallen Bedienungen im Joe's galt und das, sofern sich die Gepflogenheiten in der Kneipe nicht geändert hatten, wahrscheinlich eine Reaktion auf eine ungehobelte Einlassung zu Fragen der Anatomie, insbesondere zu Brüsten, darstellte. Ich verzog mein Gesicht bei diesen Lauten und Ekel überkam mich. Mehr als einmal hatte ich mich um eine Unterhaltung mit diesen beiden Kellnerinnen bemüht, die Jo und Beth hießen (ich vermute eine sich nicht ausgezahlt habende Zuversicht seitens der Mütter bei der Vergabe derart sanft klingender Namen an die jeweilige Frucht ihres Leibes, eine trotzige, unangemessene Hoffnung, sie mögen sich als so kultiviert und sanftmütig entpuppen wie die Geschöpfe Miss Alcotts), und war dahintergekommen, dass Dekorum nicht der Pfad zu beider Herzen bedeutete, war jede von ihnen doch mit der Vorliebe für die grobschlächtigen Vorstöße dessen ausgestattet, was Sie und ich als »ungeschliffene Umgangsformen« bezeichnen würden.

Ich schweife ab. So bin ich nun mal. Zu dieser Schwäche stehe ich. Hier schwirrt ein Gedanke vorbei, dort ein nächster und ich muss ihm folgen. Das ist der Fluch der geistigen Beweglichkeit. Wenn ich auch die ganze Zeit ungestüm in die Pedale trete, verliere ich doch nie die Hauptstraße aus dem Blick und weiß, dass der von mir eingeschlagene Weg am Ende dorthin zurückführt. Vertrauen Sie mir, wenn Sie mich auf meiner Tour begleiten. Früher oder später werde ich Sie wieder auf die breite Hauptstraße leiten. Sind es nicht die schmaleren Pfade, auf denen wir uns an die Wahrheit heranpirschen? Ich zumindest habe diese Erfahrung gemacht. Womöglich kommt man schneller ans Ziel, wenn man blind drauflosfährt, aber weiß man dann, wie man dorthin gelangt ist oder gar weshalb? Ich denke, nicht. Der Eremit, nach dem der Uneingeweihte Ausschau hält, sitzt nicht am Straßenrand, wie der Dichter uns weismachen möchte, sondern am Rande des schwer zu entdeckenden Pfades, versteckt hinter Seidenpflanzen und Goldruten, und man macht sich etwas vor, wenn man meint, er warte auf einen; er wartet auf niemanden und ist nicht ohne Grund kaum aufzuspüren.

Ich hatte das Gasthaus hinter mir gelassen und radelte hinein in das kleine Waldstück, das sich direkt daneben ausbreitete und das zwischen dem Gasthaus und meinem bescheidenen Haus lag, demselben Haus, in dem ich geboren und aufgewachsen bin. Habe ich es schon erwähnt? Dort gibt es einen Trampelpfad, passierbar nur zu Fuß oder mit dem Rad, der eine Abkürzung zu meinem Haus darstellt. In der Mitte des Hains, also nach nicht einmal fünfzehn in diesem Wäldchen zurückgelegten Metern, vernahm ich Stimmen und Gelächter. Meine Neugierde erwachte, ich legte mein Fahrrad behutsam auf den Boden am Rande des Pfades und stahl mich durch die Bäume zurück, um zu sehen, was da vor sich ging. Natürlich bewegte ich mich unauffällig, wünschte ich doch, nicht das zu stören, von dem ich wirklich annahm, es handele sich um unschuldiges, harmloses Tun mir unbekannter Personen.

Ich hatte mich geirrt ... oh, und wie ich mich geirrt hatte! Zwar waren dort mehrere Personen, aber als unschuldig war ihr Treiben keineswegs zu bezeichnen. Man war im Begriff, sich dem Geschlechtsverkehr hinzugeben, einer nach dem anderen, drei Männer mit einem Mädchen. Es schien gerade erst angefangen zu haben; das Mädchen war dabei, sich ihrer Kleidung zu entledigen, die Männer hatten respektvoll einen Kreis gebildet und beobachteten sie dabei. Aber ich greife vor ...

Der Anstand hätte verlangt, dass ich mich umgehend zurückziehe, aber wie ich bereits zuvor erklärt habe, bin auch ich nur ein Mensch, folglich gab ich dem Korrumpierbaren in mir nach, beschloss, dort zu verweilen, wo man mich nicht entdecken konnte, und zuzuschauen. Zugegeben, es erfüllt mich mit Scham, aber hätten Sie anders gehandelt? Ich denke, nicht. Es gibt gewisse Dinge, die uns alle miteinander verbinden, unabhängig von Klasse und Position, und das ist eines davon. Ich glaube, bestimmte Schwächen werden uns immer eigen sein, gleichgültig, zu welcher Höhe wir uns auch aufschwingen.

Ich erinnere mich nicht, wie lange ich dort stand, im Schutze einer abgestorbenen Eiche von überwältigendem Umfang.

Anfänglich war mir nicht bewusst, was sich abspielte. Es waren einfach nur drei Männer und ein Mädchen. Zwei Männer identifizierte ich als Stammgäste von Joe's

Tavern – die üblichen Trinker eben. Der dritte kam mir bekannt vor, aber im Dunkeln, außerstande, sein Gesicht klar zu erkennen, konnte ich ihn nirgendwohin stecken. Die Frau lief beständig von einem Mann zum anderen, kicherte, nachdem sie erst den einen flüchtig auf die Wange geküsst hatte und dann einen anderen, wobei sie sich nach jedem Kuss mit der Hand durchs Haar fuhr. Ich konnte ihr albernes Gekicher hören und ihre spitzen Schreie, wenn einer der Männer hinlangte, um sie an der Hüfte zu packen, woraufhin sie sich ihm entzog, um zum nächsten zu hüpfen, sich auch diesem zu entwinden und sich dem übernächsten zuzuwenden; so ging es in einem fort. Eine dieser leichtfertigen Frauen, die ich schon oft bei Joe's gesehen hatte, wie sie sich beim Flattern von Tisch zu Tisch von hündischen Männern hatte Drinks spendieren lassen. Ihr Name wollte mir nicht einfallen.

Die Männer begannen, einen Kreis zu bilden, und sie war der Mittelpunkt dieses Kreises, kicherte noch immer, nur klang ihr Gekicher jetzt irgendwie überdreht. Die Männer blieben stehen und sahen wie gebannt zu, als sie nach hinten griff, das Bandeautop aufhakte, das sie trug, und ihre Brüste präsentierte.

Sie warf das Top mit Schwung weg, einer der Männer fuhr seine Hand aus und pflückte es aus der Luft, führte es an sein Gesicht und vergrub die Nase in dem Stoff. Ich konnte einen der Männer tief einatmen hören und ertappte mich dabei, dass auch ich den Atem anhielt.

Ihre schweißfeuchten Brüste schimmerten im Mondlicht. Ich unterdrückte ein Stöhnen und spürte mein Glied in dem Gefängnis meiner Hose schmerzhaft anschwellen. Einer der Männer ging zu ihr und kniete sich hin. Er reckte die Arme nach oben, legte seine Hände an die Seiten ihrer Shorts und zog die Shorts herunter. Das Mädchen half ihm mit kräftigen Bewegungen ihrer Hüften, stieg aus den Shorts, nachdem sie zu Boden gefallen waren, hob sie mit einem Fuß hoch und schleuderte sie einem anderen Mann ins Gesicht. Die Männer lachten rau, sie stieß wieder einen spitzen Schrei aus und kicherte, als der Mann, der ihr die Shorts ausgezogen hatte, aufstand und sich vorbeugte, um eine ihrer Brüste zu küssen und daran zu saugen.

Und dann gaben sie sich der Sinnenfreude mit ihr hin. Ich beobachtete, dass nacheinander jeder der drei sein Glied in sie einführte und sie fickte. Zweimal. Interessant zu verfolgen war die jeweils andere Ausführung des Aktes bei jedem von ihnen und ich war verblüfft angesichts der Unterschiede, was die Formate der Geschlechtsteile dieser Männer betraf. Eines war geradezu lachhaft klein, weshalb das Mädchen dann auch lachte und dem Mann – selbst im Dunkeln zu erkennen – mit ihrem höhnischen Losprusten die Röte ins Gesicht trieb, ihn zittern ließ, nur dass ihre Häme ihn nicht nachhaltig zu beeindrucken schien, so, wie er mit kurzen, heftigen Stößen in sie hineinstieß. Die Zeitspanne, die er ihr zugestand, war so kurz wie sein Gerät und das Mädchen sah leicht enttäuscht aus, als er es wieder entfernte, aber eben nur leicht, da sie, dessen bin ich mir sicher, längst erkannt hatte, dass seitens der anderen erfüllendere Momente zu erwarten waren.

Hin und wieder stöhnte sie, von ganz tief unten aus ihrem Bauch, tiefe, nahezu wilde, animalische Laute, die, ich gestehe, meine Erregung fast bis zum Abgang steigerten, immer und immer wieder.

Beim letzten Mann schließlich war sie offenbar erschöpft. Sie drehte sich auf den Bauch und hob, mit großer Anstrengung, wie es schien, das feucht schimmernde Hinterteil und gestattete dem Mann, von hinten in sie einzudringen.

Das vermochte wohl ihre Energiespeicher aufzufüllen und ihre Lust anzufachen, so, wie sie sich aufs Knurren verlegte, auf Laute, die an einen Bären erinnerten oder an ein anderes ungebändigtes Tier, und dabei den Stößen des Mannes begegnete. Ich sah ganz deutlich den Ausdruck auf seinem Gesicht – eine Mischung aus Erschrecken und Leidenschaft –, als er verzweifelt versuchte, mit ihr mitzuhalten, doch ganz offensichtlich hatte sie beides unter Kontrolle, den Mann und die Situation, und mir wurde klar, dass sie von Anfang an alles unter Kontrolle gehabt hatte. Sich. Die Männer.

Und mich.

Um die Geschichte abzuschließen, ein Weilchen später präsentierte einer der Männer eine Flasche Wein oder Whiskey – angesichts der Entfernung schwer zu sagen, was genau –, dann saßen alle im Gras und unterhielten sich lauthals. Schließlich sprang die Schlampe auf, die ich jetzt als Greta Carlisle erkannte und die das Erlebnis scheinbar unbeschadet überstanden hatte, und ging zurück zu Joe's. Die anderen blieben sitzen, bis sie verschwunden war, erhoben sich dann, ihre Stimmen jetzt leiser als zu dem Zeitpunkt, als sie noch dagewesen war, und zwei der Männer schlugen die Richtung ein, die auch Greta eingeschlagen hatte, der dritte drehte sich um und ging links durch das Wäldchen. Ich hörte, wie er sich – Gott weiß wohin – durch das Gestrüpp davonmachte.

Später, als ich zu Hause im Bett lag und den Vorfall

Revue passieren ließ, konnte ich mich doch noch erleichtern und Druck ablassen.

So weit der Abend, bevor ich sie vergewaltigte. Entscheiden Sie selbst, ob meine Tat an diesem Tag begründet war oder zu rechtfertigen. Oder ob es sich überhaupt um eine Vergewaltigung handelte.

... ein Exkurs. Ein wenig Hintergrund.

Meine frühere Geschichte ist belanglos. Ich kam ohne Einsatz einer Zange zur Welt, in dem Bett, das für meine Zeugung benutzt worden war – was für unterschiedliche Bilder meine Mutter beim jeweiligen Wechseln der Bettwäsche vor dem geistigen Auge erschienen sein müssen – und als Weg aus der schützenden Dunkelheit und den sanft wogenden Gewässern des Leibes hinein in das harte, grelle Licht und das weiße Rauschen war meine Geburt eine natürliche, begleitet allein nur vom Geburtstrauma. Aufgezogen wurde ich von einer liebenden Mutter, deren Gesichtszüge mir, offen gestanden, bereits seit geraumer Zeit und so auch jetzt entwischen.

Ich scheine klebrige Dinge mit ihr zu assoziieren, wie den klaren Maissirup und diese Sorte Kleister, mit dem wir in der Grundschule hantierten und wovon wir manchmal naschten, dessen Geschmack fade war wie der von industriell hergestelltem Brot. Ich weiß, dass sie stumpfsinnige körperliche Aufmerksamkeit an mich verschwendete, denn ich erinnere mich in Technicolor und Panavision endloser Stunden erzwungenen Auf-dem-Schoß-Sitzens, während sie mich vor und zurück schaukelte, in einem zerkratzten Schaukelstuhl, dessen brauner Farbton den Gedanken an Kuhfladen aufkommen ließ. Namentlich einer Situation kann ich mich entsinnen, wo ich bis zur Übelkeit geschaukelt wurde und dachte, wie gern würde ich die Positionen tauschen und sie damit konfrontieren, diese idiotische Quälerei vierundzwanzig Stunden ohne Unterlass ertragen zu müssen, doch zum Zeitpunkt dieser Überlegung sechs Jahre alt und physisch nicht in der Lage, diesen Wunsch in die Tat umzusetzen, blieb mir nur, es ihr für den Rest meines Lebens nachzutragen. Ich bin zu streng in meiner Rückschau, bin ich mir doch sicher, dass sie das war, was Menschen, die nicht die Erfahrungen mit ihrem Schaukelfetisch gemacht haben, unter dem Begriff »gute Mutter« einordnen würden, aber sie war nichts, was ich erworben hätte, hätte Gott mich in eine vernünftigere Welt platziert, in eine, wo man sich aussuchen kann, wer einen bemuttert, bis man imstande ist, die eigenen Dinge selbst in die Hand zu nehmen.

Zu meinem Vater: Ihn kannte ich kaum. Er war so etwas wie ein Schlagzeuger und ständig unterwegs, und deswegen, wegen seines gesunden Menschenverstandes, vergötterte ich ihn. Er starb bei irgendeinem Unfall, als ich neun Jahre alt war, und seine Beerdigung war wunderschön. Ich erinnere mich an ein Gefühl ausgesprochener Vergnügtheit, über die gesamte Feier hinweg. Mich verbinden nichts als zärtliche Erinnerungen mit ihm und ich hoffe, dass wir uns irgendwann wiedersehen, und zwar unter angenehmeren Umständen als die, denen ich gegenwärtig ausgesetzt bin. Vielleicht geben wir uns am morgigen Tag die Hand, von Mann zu Mann, glaubt man unseren überzeugten Christen und ihrer rührseligen Überlieferung, was dem irdischen Tod nachfolgt. Ich für meinen Teil gebe nicht vor zu wissen, was kommen wird. Ich verfüge nicht über die verbohrte Gewissheit, die dem Lamm Gottes eigen ist.

Vielleicht kehren wir alle in Gestalt von Mücken ins Leben zurück, was sehr wohl erklären würde, warum es so viele gibt. Wenn ja, dann hoffe ich auf ein anderes Geschlecht im nächsten Leben, da ich versessen darauf bin, jemanden zu stechen.

In meiner Kindheit führte ich weder Tagebuch, noch machte ich Aufzeichnungen, noch stehe ich sonderlich auf Statistik, aber mit einem groben Überschlag kommt man, was die Anzahl der Male betrifft, an denen ich masturbierte, auf eine Summe von etwa neuntausend zwischen meinem achten und achtzehnten Lebensjahr – plus/minus einigen Hundert Tropfen Sperma – und obwohl ich bis auf die letzten Monate seitdem einen Gang runtergeschaltet habe, sind es mindestens noch einmal so viele Momente, wo ich, allein in meinem Zimmer, bis zum Punkt der Befriedigung an mir rumfummelte.

Ich sehe Ihr Lächeln vor meinem geistigen Auge. Sie denken, »wäre er nur dieses eine Mal unkeusch gewesen, er säße jetzt nicht hier«, aber so sollten Sie nicht denken. Ich war es nicht und bin hier, und das Wie und Warum zählt nicht, was zählt, sind Fakten, und Fakt ist, dass ich mich an diesem gewissen Tag nicht selbst befriedigte und im Endergebnis hier sitze und mich darauf vorbereite zu sterben. Betrachten Sie es einmal von der Warte:

Hätte ich meinen Samen auf dem Boden verspritzt, statt eine asoziale Handlung zu vollziehen, nämlich eine Vergewaltigung zu begehen, wäre keiner von uns hier, und was hätten Sie mit der Zeit angefangen? Eine Fernsehshow gesehen? Einen Schmöker gelesen? Schwerlich das, was man als erhebend bezeichnen würde, nicht wahr? Seien Sie also froh, dass es Täter gibt auf der Welt (in Ihrer wie in meiner) und dass nicht jeder ein so einfältig lächelndes, passives Geschöpf ist wie Sie.

Am Morgen nach den Ereignissen im Wäldchen, zu deren Zeugen ich geworden war, hatte ich das Ganze nahezu vergessen; von einem Erinnerungssplitter bei meiner ersten Schale Café au Lait einmal abgesehen, den ich jedoch umgehend beiseiteschob. Letzte Nacht war letzte Nacht gewesen und heute war heute. Die Launen des Gedächtnisses zu erdulden ist die hilflose, dürftige Antwort unbedeutender Menschen: der Unglücklichen, die mit der Bürde eines zu keinem gewichtigen Gedanken befähigten Verstandes geschlagen sind.

Beim Trainieren meiner Gedächtnisfunktion zog ich mehr Nutzen aus dem Memorieren eines Sonetts von Andrew Marvell oder einer Szene von Aischylos, zwei Beispiele, weit erhabener als die schmuddelige, verachtenswerte Verderbtheit von Proleten ohne Relevanz, die in bemitleidenswerter Weise ihren Unfug auf dem urzeitlichen Boden des dunklen Waldes trieben.

Es war der Moment, als ich eine dieser Entscheidungen traf, von denen stets gebetsmühlenartig behauptet wird, sie veränderten den Kurs des Lebens dauerhaft. Ich sollte an besagtem Vormittag die Haare geschnitten bekommen, beschloss jedoch, den Termin nicht wahrzunehmen und stattdessen am Fluss zu angeln, an jenem Fluss, dessen Ufer sich träge und S-förmig eine Viertelmeile von meinem Domizil entfernt entlangschlängeln.

Keine Frage, ich verhielt mich korrekt und rief Harry, den Friseur, an (bei seinem Namen habe ich immer feixen müssen), sagte den Termin rechtzeitig ab, damit Harry die Zeit anderweitig füllen konnte.

Am besten, man behandelt Menschen so, wie man selbst behandelt werden möchte, und auch wenn Harry nur ein Geschäftsmann ist, sage ich mir doch, im Zweifel für den Angeklagten, und erachte seine Zeit als kostbar, zumindest von seinem Standpunkt aus gesehen.

Ich erinnere mich, an jenem Morgen eher gedämpfter Stimmung gewesen zu sein, als ich mein Angelzeug vorbereitete. Ich entschied mich gegen lebende Köder und für Blinker. Angeln versetzt mich unweigerlich in gute Laune. Mit der Gesellschaft anderer komme ich klar, aber an Einsamkeit erfreue ich mich mehr, und Angeln ist die ultimative Variante dieses angenehmen Zustandes. Ich kann es nur wärmstens empfehlen und würde es als Palliativum beim gescheitesten aller Geisteszustände verordnen, der Misanthropie, oder im Falle ihrer ganz besonderen Spielart, der Misogynie. Ein Fisch ist ein vorzüglicher Ersatz für, sagen wir, eine Ehefrau. Die Spezies der Pisces nehmen Anweisungen gutmütig hin und sind ausgesprochene Stoiker, zwei vorteilhafte Eigenschaften, die meinerseits, wenn überhaupt, nur bei den seltensten Exemplaren der Spezies Frau ausgemacht wurden. Ich weiß, dass Angeln bei vielen Gelegenheiten hilfreich für mich war und meine Annäherung an das Leben begünstigte. Die Stunden, die ich dergestalt verbrachte, waren gleichermaßen erfreulich und nützlich, eine Tätigkeit, die es mir gestattete, friedlich in mich zu gehen und zur selben Zeit das Stadium ausgesprochener Entspannung zu erreichen. Hierbei handelt es sich um eine Seite meines Wesens, die zu verstehen Ihnen zweifelsfrei Mühe bereitet, auch in Anbetracht der kurzen

Dauer unserer Bekanntschaft; aber sie existiert, dessen kann ich Sie versichern.

Angeln spielt sich in der einzigen Arena ab, wo ich mir erlaube, in Wettstreit zu treten. Es gibt nur dich und deinen Verstand gegen das Unbekannte, das unter dir in den trüben braunen Tiefen lauert. Da ist etwas Geheimnisvolles mit einem Hauch Gefahr im Schlepptau, das einen zugleich mit Frieden umgibt wie ein wohliger Kokon.

Wie gesagt, ich war mittlerweile gehobener Stimmung, als ich das Haus verließ, meine South Bend samt Rolle geschultert wie ein Gewehr, den Angelkasten fest im Griff, mit federndem Schritt, die Schultern gestrafft, um meine jungfräulich reinen Lungen mit frischer, kühler, sauerstoffgesättigter Luft zu füllen, und der Blick klar und fokussiert.

Der Marsch zum Ufer des Flusses und zu meinem bevorzugten Angelplatz verlief ohne besondere Vorkommnisse. Es war elf Uhr vormittags, als ich an meinem Ziel anlangte, und die Julisonne verwandelte das Unterholz unter meinen Füßen bereits zu knackendem Dörrgut. Mein Platz zum Angeln lag im Schatten mächtiger Eichen und Ulmen samt ihren Armen voller dunkel schimmernder Blätter, und so hatte ich es recht komfortabel. In meinem Angelkasten lagerte eine Thermosflasche mit eisgekühlter Limonade und gleich daneben eine Flasche bernsteinfarbenen irischen Whiskeys.

Ich angelte um die zwei Stunden, ohne dass irgendetwas geschah. Nicht einmal ein verhaltendes Knabbern, die Form des Angelns eben, wie ich sie bevorzuge. Wenn man nichts fängt, fängt man sich auch keine Arbeit ein, das gesamte Tun ist reines Theater und es gibt keine menschliche Unternehmung, die ihrem Programmheft mehr entspräche.

Gegen eins hatte ich meinen Blinker erst zum zweiten oder dritten Mal in die Strömung geworfen (ich verfüge über eine ganz eigene Methode, mit Blinkern zu angeln. Sie beinhaltet nicht das Einholen, so wie man es gemeinhin handhabt, denn das reizt die Fische, verärgert sie, sodass sie zuschnappen, was – Sie haben es bereits durchschaut – Arbeit bedeutet), als mir ein Fehler unterlief und ein großer Karpfen anbiss. Da hätte ich wissen müssen, dass sich Unerfreuliches anbahnte; es hatte bereits mit diesem dummen Karpfen begonnen. Angewidert zog ich die ekelhafte Kreatur an Land, ruckelte dabei mit der Spitze meiner Angelrute, doch selbst dieser Trick versagte, mein Fang ließ sich nicht abschütteln und ich war gezwungen, seinen widerwärtigen, nach Moder riechenden Leib anzufassen, ihn vom Haken zu lösen und den sich windenden, hässlichen Mutanten ans Ufer zu werfen. Wenn er so töricht war, sich freiwillig auf meinem Haken aufzuspießen, würde ich mich nicht genauso widersinnig verhalten und ihn zurück ins Wasser werfen, ihm sozusagen die Möglichkeit eröffnen, mir den nächsten Angelausflug zu verhunzen. Direkt danach, mein Gefühl von Zurückgezogenheit und meine gute Laune waren perdu, verschaffte sich ein weiteres fremdes Wesen Zugang zu meiner Umgebung, wie die Geräusche zertretener Zweige bezeugten, zertreten von einem tollpatschigen Etwas, das sich auf eben dem Pfade näherte, den ich zuvor genommen hatte, und brachial durch die Seidenpflanzen trampelte wie ein blindes Mastodon und die unberührte Abgeschiedenheit erschütterte, die bis zu diesem Augenblick nur mir gehört hatte.

Der Ärger, der in mir hochgestiegen war, wurde im Handumdrehen gezügelt allein beim Anblick der Erscheinung, der sich mir bot, nachdem sie in mein Blickfeld getreten war, und die strenge Zurechtweisung, die mir auf der Zunge lag, verwandelte sich in ein unverfängliches »Oh, hallo«, als – ich bin sicher, Sie haben es bereits erraten – eine gewisse Greta Carlisle vor mir stand, das Mädchen aus dem amourösen Abenteuer vom Abend zuvor, augenscheinlich bestens erholt von den Spielereien, ohne Anzeichen von Muskelkater, so, wie sie sich bewegte, keine blauen Flecken und lächelnd wie ein hungriges Schwein in einem Bottich voller Sauerrahm.

Ein Gebiss wie eine Klaviatur blitzte auf, als sie den Mund aufmachte und zwischen zwei auf ihren Kaugummi zielenden Kaubewegungen ein munteres, wenn auch geblafftes »Hallo, Kumpel« von sich gab, um sich als Nächstes – ohne auch nur im Mindesten um Erlaubnis zu fragen – mit Aplomb und nur wenige Zentimeter von mir entfernt auf dem Boden niederzulassen, dabei ihren Kaugummi zu kauen, als spräche sie mit einem pickligen Knaben auf einer Rollschuhbahn, anstatt sich einem Gentleman von Bildung und Charakter gegenüber so zu verhalten, wie es sich gehörte.

Alles, was mich zu dem macht, was ich bin, macht mich nicht zuletzt auch zu einem Demokraten, jedoch nicht im parteipolitischen Sinne, und so verzichtete ich darauf, ihr die Lektion über gute Manieren zu erteilen, die sie verdient gehabt hätte, und legte zwecks Unterweisung meine an den Tag.

»Einen schönen guten Tag«, sagte ich. »Ich heiße Truman und ich bin sehr erfreut, Sie kennenzulernen, Miss.«

Die Kleidungsstücke an ihrem Körper waren bei den meisten religiösen Zusammenkünften nicht gelitten. Ihre Brüste bedeckte (knapp) ein Tanktop und es war in einer Weise geschnitten, als sollte die Hälfte ihrer beträchtlichen Oberweite entblößt werden, und nur sein dunkleres Rosé versetzte den Betrachter in die Lage, es von ihrer Haut zu unterscheiden. Es frischte ein wenig auch, was die Nippel zur Größe und Form von Kartoffelbällchen erstarren ließ, dieser geschmacklich faden Beilagen, die tiefgefroren in schimmernden Plastikbeuteln verkauft werden, und das entging mir selbstverständlich nicht, was, wie ich vermute, der eigentliche Grund ist, weshalb sich jemand dergestalt kleidet. Als sie sah, dass ich diese Veränderung an ihrem Körper bemerkt hatte, bog sie kokett den Rücken durch und lächelte.

»Man nennt Sie ›alte Kackfresse‹, stimmt's?«

Das war gemein. Ich hatte diese Bezeichnung ein- oder zweimal aufgeschnappt und vermutet, dass sie auf mich gemünzt gewesen sei, doch bis zu diesem Moment hatte es mir an Belegen dafür gemangelt. Etliche in unserem Ort konnten mich nicht leiden; alle neideten sie mir meinen Wohlstand und den überlegenen Intellekt. Etwas jedoch war merkwürdig an diesem Wortwechsel: Noch während sie mich beleidigte, wurde ich sexuell erregt. Ich gab der Schlampe eine Antwort.

»Nein, so heiße ich nicht. Ich habe Ihnen meinen Namen bereits genannt. Und ich frage Sie, ob Sie immer derart rüde sind oder nur in meinem Falle?«

Und weiter:

»Außerdem habe ich Sie nicht eingeladen herzukommen und ziehe, offen gestanden, die Gesellschaft der Fische der Ihrigen vor. Sie sind offensichtlich ein ganz dummer Mensch mit dem Verhalten und dem Verstand einer streunenden Katze.«

»Ja, alte Kackfresse. So nennt dich Beth bei Joe's immer. Meine Güte, fast jeder, den ich kenne, nennt dich so. Du bist ein Witz, Junge. Und komm mir nicht mit guter Kinderstube und so 'nem Scheiß. Meine war genauso gut wie deine. Besser. Zumindest war mein alter Herr kein Säufer und hat meine Mutter ganz sicher nicht ständig verprügelt.« Sie lachte, es klang furchtbar, wie ein Kaninchen in den Fängen einer Schleiereule.

»Du tust immer so, als wärst du 'ne ganz große Nummer, und hältst dich für oberschlau. Ich hab 'nen Onkel, der ist Wirtschaftsprüfer. Der steckt dich glatt in die Tasche.«

Sie krakeelte wieder los und trieb alle Mäuse im weiten Umkreis in den Herzinfarkt. Auf ihrem Kaugummi kauend sagte sie: »Hab dich gestern Abend gesehen.«

Das kam unverhofft. Spätestens jetzt hätte ich die Schlampe wegschicken sollen.

»Du hast hinter diesem dicken alten Baum gestanden. Hast die Jungs und mich dabei beobachtet, wie wir Party gemacht haben, und hast dir einen runtergeholt.«

Ich traute meinen Ohren nicht. Und als sie sagte, ich hätte mir einen runtergeholt, was, meinen Sie wohl, ist passiert? Mein Glied wurde größer.

»Nur ein Flittchen drückt sich so aus«, sagte ich mit bebender Stimme. »Ich kam gar nicht umhin, dich und die Macker in deiner Gesellschaft zu bemerken. Ich war nichts ahnend auf dem Nachhauseweg und da wart ihr nun mal.«

Diese schreckliche kleine Nutte lachte. Lachte! »Auf dem Nachhauseweg! Wir waren gut und gern fünfzig

Meter vom Weg entfernt. Von dem Weg, den du immer mit dem Rad entlangfährst, so, wie ich es tausendmillionenmal gesehen habe! Willst du mich verarschen?«

»Hau ab«, sagte ich.

Da stand sie auf und machte etwas geradezu Beispielloses. Sie hob das Tanktop hoch und zeigte ihre Brüste. Einen Augenblick lang stand sie so vor mir und sagte dann im hochnäsigen Ton: »Tja, alte Kackfresse, das war's. Eigentlich wollte ich dir erlauben, sie zu küssen, und hätte dich auch sonst rangelassen, aber jetzt nicht mehr, Kumpel. Ich hab gedacht, du wärst womöglich gar nicht so gruselig, wie alle behaupten, aber du bist schlimmer, als alle sagen. Du bist 'n Wichser und abstoßend dazu. Du hast es vergeigt. Von mir aus kannst du schmachten bis zum Gehtnichtmehr, Kumpel.«

Ich sah buchstäblich Rot, aber was als Nächstes geschah, daran erinnere ich mich nur bruchstückhaft. Steinchen in einem Mosaik anstelle eines vollständigen Bildes.

Wie es passierte, weiß ich nicht. Sie hatte ja vor mir gestanden und dann plötzlich nicht mehr. Mein Gewicht nagelte sie buchstäblich am Boden fest. Ich schwebte irgendwo über uns beiden, glitt dahin, losgelöst. Ich bin zwei Personen. Ein Verstand, aber zweigeteilt. Der eine Teil oben und ohne Emotionen, der andere spürt diesen Körper unter mir, spürt ihre Handflächen, die auf meine Ohren einschlagen, bis ich schreien möchte, doch sie ist es, die schreit.

Ihre Fingernägel hinterlassen tiefe Kratzer in meinem Gesicht. Ein Ohr fühlt sich an wie abgetrennt.

Mistkerl, Mistkerl, Mistkerl!, schreit sie, immer und immer wieder. Dann etwas Unverständliches, tief aus der Kehle.

Ich zwänge mich zwischen ihre Knie, drücke sie auseinander. Bekomme ihre Handgelenke zu packen, hindere sie an weiteren Schlägen. Ich merke, dass ich die Oberhand gewinne. Ihre Kräfte schwinden. Wieder schreit sie, ihren bisher lautesten Schrei. Er fährt mir durchs Gehirn, verleiht mir neue Energie. Ich lächle und sie sieht dieses Lächeln und ich sehe die Kapitulation in ihren Augen. Sie kämpft weiter, aber beide wissen wir, wer gewinnt.

Eines ihrer Handgelenke noch umklammert, lockere ich den Griff um das andere und stoße mit dem Ellbogen zu. Sie ist perplex. Ich lasse beide Handgelenke los und ihre Arme sinken zu Boden. Sie sieht mich an, doch da ist kein Erkennen in ihrem Blick. Als schaue sie einen Film, an dem sie kein Interesse hat.

Ich lange nach unten, hake meine Finger in ihre Shorts, ziehe sie herunter und dann zerreißen sie und darunter ist keine Unterwäsche, sie ist nackt bis auf ihr Tanktop, das sogar noch leichter abzustreifen ist. Ich werfe es zur Seite, wo es als kleiner rosafarbener Haufen auf dem Boden landet.

Ich verfüge über die Kraft von zehn Löwen, und mein Glied ist so steif. Steifer noch als am Abend zuvor. Ich will in sie eindringen, doch es gelingt mir nicht sofort. Sie stöhnt, aber es klingt nicht echt. Ich stoße wieder zu und bin drinnen. Ich bekomme mit, dass die Haut meines Penis reißt, und das Stöhnen wird lauter und er noch härter. Es ist fast unmöglich, so hart zu sein. Ich stoße heftig zu und bin vollständig drinnen, und sie fühlt sich an wie Sandpapier und ich weiß, wir bluten beide, aber nichts wird mich jetzt aufhalten.

Ich ziehe sie an mich, ihre Brüste an meiner Brust, ich

kann sie fühlen und höre wieder das Stöhnen ... aber, nein! Nicht sie ist, die stöhnt. Ich bin es. Ich nehme ihr Atmen wahr. Es beginnt und hört auf und alle paar Sekunden atmet sie heftig ein.

Es ist mein erstes Mal und jetzt kann ich nachvollziehen, wovon Dichter sprechen. Jetzt weiß ich, dass Dichtern die Worte dafür fehlen. Gaukler, allesamt.

Ihre Augen rollen nach oben und ihr Mund wird schlaff, ich küsse sie, aber sie erwidert meinen Kuss nicht. Keine Ahnung, ob sie bei Bewusstsein ist oder nicht, aber für meine Lust spielt das keine Rolle. Ich registriere, dass Küssen mir gar nicht gefällt.

Egal.

Und dann baut sich etwas auf. Baut sich auf, bis ich Gefahr laufe, ohnmächtig zu werden. Der Druck in meinen Lenden und in meinem Hirn nimmt zu, und mir wird bewusst, dass ich wie ein Irrer zustoße, und doch kommt es mir so vor, als bewegte ich mich kaum. Sie keucht im Rhythmus meiner Stöße und zuerst denke ich, es sei Ausdruck ihrer Erregung, merke jedoch, dass dem nicht so ist. Sie keucht bei jedem meiner Stöße, weil ihr die Luft genommen wird. Sie keucht nur, um ihre Lungen mit Luft zu füllen und am Leben zu bleiben, und es ist ein Reflex – ich sehe, dass sie das Bewusstsein verloren hat.

Das steigert meine Erregung nur noch. Ich bin ein Schemen, wuchte mich in sie hinein, immer und immer wieder, und jedes meiner Nervenenden ist zu meinem Penis geworden und ganz tief im Innern setze ich zu einem Laut an, den ich noch nie zuvor produziert habe. Wie das Wasser eines reißenden Flusses, das zu einem Staudamm strömt, und jede Woge brandet an den Beton des Staudamms, und ich entdecke einen Spalt in der Konstruktion, was mich noch mehr erregt, und ich stoße zu, härter und härter, und dann der Dammbruch, das Wasser flutet hindurch, Betonstücke, die von der Gewalt des Elements zur Seite geschleudert werden, als wären sie aus Styropor, und ich bin so weit und es ... ohohoho-hohohohohohohoooooooooooooo ... ein langer Laut des Ächzens, Stöhnens und der Anstrengung entringt sich einem Teil von mir, der nie zuvor berührt wurde.

Und ich bin fertig.

So. Ich fühle nichts mehr und sollte ich zuvor etwas gefühlt haben, so hat es sich verflüchtigt.

Ich bin zurück in meinem Körper. Bin im Vollbesitz meiner geistigen Kräfte, wie es so schön heißt.

So also habe ich sie vergewaltigt. Ich leugne es nicht, habe es auch nie geleugnet.

Aber ich habe sie nicht getötet. Sie selbst war es. Es war schlicht und ergreifend ein Unfall. Nachdem ich mich ihrem verdorbenen Leib entzogen hatte – es war, um der Wahrheit Genüge zu tun, nach meinem Orgasmus das Höchste an Berührung, zu dem ich mich hatte durchringen können –, sprang sie auf, fluchte und kreischte, rannte den Weg hinunter, schrie, sie werde dafür sorgen, dass ihr Freund mich zusammenschlage und kastriere. Das war der Moment, als sie ausglitt, mit dem Kopf gegen einen Stein schlug, ins Wasser fiel und ertrank.

Wie kann man daraus einen Mord konstruieren? Wie kann man in Anbetracht der Umstände mein Handeln eigentlich als Vergewaltigung bezeichnen? Hätten Sie unter diesen Umständen nicht das Gleiche getan? Die Frau war eine ganz gewöhnliche Nutte und somit kein Objekt für eine Vergewaltigung. Für jeden erkennbar, der auch nur über ein Mindestmaß an Verstand verfügt, war mein Handeln rechtens.

Schauen Sie, da saß ich nun, mit meinem eigenen Kram beschäftigt, ruhig beim Angeln, und dann kommt diese Hure Babylon daher und bringt mich in eine Situation, die sie zu verantworten hat, und zwar sie ganz allein.

Ich bin ein ehrenhafter Mann – ich glaube, als sie zu mir nach Hause kamen, um mich zu befragen, dachten sie, ich würde leugnen oder ihnen Schwierigkeiten machen, aber ich hatte nichts zu verbergen. Ich hatte kein Verbrechen begangen. Wäre die Welt ein gerechter Ort gewesen, hätte man sie mit einem aufgenähten scharlachroten Buchstaben auf ihrem Leichenhemd beerdigen müssen.

Womöglich halten Sie mich für zynisch. Nichts könnte der Wahrheit weniger entsprechen. Ich habe viel über diesen Begriff nachgedacht, der für die Gesellschaft Vergewaltigung definiert, und empfinde ihn als unzulänglich. Bei keiner anderen Spezies kommt dergleichen vor, weder in Ihrer noch in meiner Welt. Man sieht die Vögel in der Luft, wie sie sich hoch über dem Boden dem Liebesspiel hingeben, und es scheint offensichtlich, dass das Weibchen häufig keine willige Partnerin ist. Wird der männliche Vogel von seinen Artgenossen gemeuchelt oder auch nur gemaßregelt? Mitnichten. Es ist normaler Bestandteil ihres Lebens. Aus zuverlässigen Quellen habe ich von Hengsten erfahren, die Stuten zwicken und auf grausame Weise beißen, um sie gefügig zu machen, habe aber bisher nie von Hengsten gehört, die für diese Handlung bestraft wurden. Meistens, so meine Quellen, wird die Stute in die entsprechende Position manövriert und von ihrem Besitzer festgehalten, während der Hengst sie sich zu Willen macht.

Man kann das Ganze auch aus einem anderen Blickwinkel betrachten.

Wenn ich oder sagen wir, wenn Sie sich in einer Busstation voller Menschen einem weiblichen Wesen nähern und Ihren Ellbogen an dem der Frau reiben, würde man Sie daraufhin ins Gefängnis werfen? Wenn Sie die Hand einer Vertreterin des anderen Geschlechts ergreifen und sie kräftig schütteln, würde man Sie daraufhin zum Tode verurteilen? Wenn Sie sich hinunterbeugen und den Kopf eines kleinen Mädchens streicheln, würden Sie sich als angeklagter Verbrecher vor einem Gericht verantworten müssen? Sie merken, worauf ich hinauswill.

Was ist Geschlechtsverkehr, wenn nicht das Aneinanderreiben verschiedener Teile des Körpers? Wir machen ein großes Geheimnis um etwas, dem nichts Geheimnisvolles anhaftet, betrachtet man es erst einmal im Lichte der Vernunft.

Worin liegt der Unterschied, ob man jemanden fickt oder ins Ohr kneift? Oh, höre ich einen im Hintergrund sagen, der es nicht wagt, sein Gesicht zu zeigen, der Unterschied liegt in der Beteiligung dessen, und zeigt dabei auf sein kümmerliches Glied und seine verschrumpelten Hoden. Nun, lassen Sie gedanklich hinter sich, was Ihre Mutter Ihnen erzählt hat und was so ähnlich Millionen von einfachen Gemütern erzählt wurde, die nichts hinterfragen und deshalb niemals auf die Wahrheit stoßen, und erklären mir – denn auch ich bin von einfachem Gemüt, wenn auch auf eine reinere Art –, von wem und weshalb festgelegt wurde, dass Geschlechtsorgane etwas anderes seien als, nun ja, Ihr linker Zeigefinger. Der Bilderstürmer fährt fort, sofern er seine Argumentation schwächeln sieht, und sagt, aber sie sind doch Werkzeuge der Fortpflanzung und dafür bestimmt, nur unter heiligen Auflagen benutzt zu werden, worunter gemeinhin der heilige Stand der Ehe zu verstehen ist, und deswegen ist es unrechtmäßig und ein Verbrechen gegen die Gesellschaft, wenn man Lust dabei empfindet. Zack! Ein lächerliches, ein klägliches Argument, in der Tat. Wer, bitte, verfügt, dass der Penis, aus dem der Samen hervorschießt, um den Schoß der Frau zu befruchten und mithin die Vermehrung und den Fortbestand der Spezies zu sichern (was der einzige Grund für derlei Auflagen ist), heiliger sei als die Faust, die das Raubtier vernichtet und so den gleichen Zweck erfüllt? Oder die Finger, die den Weizen aussäen, von dem wir uns ernähren? Jedes dient dem Schutze und dem Fortbestand der Art. Insofern ist die Vergewaltigung selbst dem Fortbestand der Art förderlich, ziehen doch viele dieser sogenannten Akte der Perversion eine Schwangerschaft nach sich. Dem Vergewaltiger gebührt Beifall, nicht Verunglimpfung.

Und dann noch das: Sich die Vorstellung zu eigen machen, der heilige Stand der Ehe sei die einzige rechtmäßige Voraussetzung für praktizierten Geschlechtsverkehr, bedeutet vor allem, sich die Vorstellung von einem heiligen Gott zu eigen zu machen und zugleich den Eckpfeiler der gesamten Argumentation anzuerkennen ... und was bedeutet das für den Atheisten und im Übrigen auch für den Agnostiker? Wird der Akt in einer Gesellschaft vollzogen (und davon existieren einige), wo das Geschenk der Sexualität von beiden Geschlechtern per Aufforderung eingefordert wird, ist er dann weniger ein Verbrechen? Oder ist er überhaupt ein Verbrechen? Es scheint von der Gesellschaft abzuhängen und ihren hinterwäldlerischen Vorstellungen und somit kein Verbrechen gegen die Gesellschaft zu sein, wie einige uns weismachen wollen, sondern ein Verbrechen gegen eine bestimmte Gruppe oder einen Stamm. In einigen Gesellschaften wird es als Verbrechen angesehen, wenn sich jemand dem Sex auf Verlangen verweigert.

Wenn das Konstrukt der Vergewaltigung ein Verbrechen vor Gott ist, heißt das, dass Gott die Gesellschaften bestraft, die es nicht als ein solches betrachten? Ich habe den Eindruck, es gibt das Verbrechen namens Vergewaltigung nur als Erfindung archaischer Gemeinschaften.

Wie wäre es damit? Dereinst, also bevor die Engländer sie »Kultur« lehrten, war es bei gewissen Indianerstämmen Nordamerikas Usus, dass die Mütter, sobald sich ein Feind ihrem Versteck näherte und absolute Stille für das Überleben von entscheidender Bedeutung wurde, die Penes ihrer kleinen Söhne in den Mund nahmen, um daran zu saugen und ihr Baby ruhigzustellen. Einer derart schlüssigen Antwort auf Gefahr würde seitens der Wächter der heutigen Gesellschaft zweifellos mit Härte begegnet werden, eine irrsinnige Reaktion auf einen raffinierten und logischen Akt intelligenter Überlebensstrategie.

Die Entscheidung ist gefallen, sich meiner zu entledigen, und ich bin nicht daran interessiert, ihr Urteil vergeblich anzufechten.

Ich hatte mir nicht vorgenommen, sie zu vergewaltigen. Es ist wahrlich unerheblich, welche Absichten ich verfolgte, zumindest für die Frauen und Männer, die mich hierherbeförderten; ihre Herzen sind aus Stein und unfähig, die Wahrheit zu erkennen, in welcher Gestalt sie auch daherkommen mag, aber ich möchte jemanden die Wahrheit wissen lassen, selbst wenn es sich dabei nur um Sie handelt. Wenigstens Sie bekunden mit der Lektüre dieses Textes ein vages Interesse an meinem Fall, mehr als die Kretins, die meine Jury bildeten. Ihnen war nur darum zu tun, nach Hause zu hetzen, so schnell wie möglich, um ihren Freunden und Nachbarn ein Bild von dem »Wahnsinnigen« zu präsentieren, den sie zum Tode verurteilt hatten – die einzige Gelegenheit in ihrem Leben, sich eine gewisse Geltung zu verschaffen.

Wenn ich so an meinen Status als berüchtigte Person denke, dann befürchte ich, für alle eine Enttäuschung gewesen zu sein, fing ich schließlich nicht ein einziges Mal an zu geifern oder mit den Augen zu rollen, kein Winseln um Gnade, kein ausgehandeltes Geständnis, kein – um es kurz zu machen – Schlüpfen in eine der Rollen, die sie mir in den Vorstellungen ihrer unterentwickelten Hirne zugeschrieben hatten. Es gab einen Moment der Flatulenzen, den ich später schildern werde, aber Sie werden mein Verhalten in diesem Falle als besonnen und gerechtfertigt anerkennen. Sofern man mich anders beschrieb als einen Gentleman voller Würde und Gelassenheit, der ruhig auf der Anklagebank saß, log man – wovon ich überzeugt bin. Ich erwies mich als ungeeignetes Objekt für ihre sensationslüsternen Gemüter, wie ich so dasaß, mit Anstand und als Ehrenmann, während um mich herum Rechtsanwälte, Reporter, Richter, die Jury, das Publikum und die Philister wie Paviane auf einem Bananendampfer palaverten. Na bitte! Sehen Sie, was ich meine? Und sie sagte, ich sei kein Dichter! Ich werde Ihnen noch mehr Beweise für meine Talente liefern.

Wie ich bereits ausgeführt habe, hatte eine Vergewaltigung ursprünglich nicht in meiner Absicht gelegen. Als sie aufsprang, ihre Brüste entblößte und dabei auf diese abscheuliche Weise mit mir sprach, sprang ich ebenfalls auf, in dem Moment, als sie sich umdrehte, und machte etwas Abstoßendes: Ich schlug ihr ins Gesicht. Das ist mein Vergehen. Einen Wimpernschlag lang vergaß ich meine gute Kinderstube und ließ mich herab auf ihr Niveau. Dafür hätte ich bestraft werden sollen und in Hinblick darauf akzeptiere ich meine jetzige Strafe, nicht jedoch in Hinblick auf den haltlosen Vorwurf der Vergewaltigung. Ich war nicht der Gentleman, der ich – vor allem anderen – bin. Von allen mit Mängeln behafteten gesellschaftlichen Vorstellungen ist nur die von der gesellschaftlichen Stellung schlüssig und sie ist die einzige, der ich mich als denkender Mensch anschließen kann. Die Frage des Charakters ist eine dialektische, von hohem Wert, wenn eine Gesellschaft überhaupt funktionieren soll, und einen Augenblick lang war ich durch und durch schuldig, nicht der gewesen zu sein, der ich bin. Unter dieser Voraussetzung akzeptiere ich den Tod als gerechte Strafe, aber nicht unter anderen Voraussetzungen. Nicht wegen Vergewaltigung. Und ganz gewiss nicht wegen Mordes.

Sie schrie, als ich sie schlug, und ich verlor die Kontrolle. Ich hasse, nein, ich verabscheue mit geradezu blindwütigem Ekel laute Geräusche jeglicher Art, insbesondere Schreie von Frauen, und bekenne an dieser Stelle, dass ich wie von Sinnen war. Einmal, ich war sieben Jahre alt, ließ ein Nachbarskind einen Luftballon nur wenige Zentimeter von meinem Gesicht entfernt mit einem fürchterlichen Knall platzen. Meine Mutter musste mich mit Gewalt daran hindern, das kleine Balg zu verprügeln, und noch dazu besaß dieser instinktlose Elternteil die Stirn, sich bei der Mutter der Blage für mein Verhalten zu entschuldigen.

Ich schlug wieder zu. Ich musste sie mehrere Male getroffen haben, kann mich aber an die genaue Anzahl der Schläge nicht erinnern – mein einziger Gedanke kreiste darum, ihre kreischende, grässliche Stimme zum Schweigen zu bringen. Nach einer Weile bemerkte ich, dass sie still war, und ich hörte auf zu schlagen. Sie sah weniger ordinär aus, jetzt, da sie ruhte, wenn nicht gar irgendwie sanft und weiblich, und das erregte mich, wie es jeden Mann erregt hätte. Da sie schlief und mein Handeln sie unmöglich beeinträchtigen konnte, beschloss ich, mir einen Lustgewinn mit ihr zu verschaffen. Noch während ich kam, zeigte sie sich ungnädig, wachte auf, schob mich derart brutal zur Seite, dass mein Hemd zerriss, sprang auf und stieß aus Leibeskräften schreiend die Drohungen und Beleidigungen aus, die ich bereits erwähnt habe.

Das setzte den buchstäblichen Schlusspunkt hinter meinen Teil der Angelegenheit. Ich wandte der Hure den Rücken zu, sah aber noch, dass sie kopflos den Pfad zum Fluss hinunterstolperte.

Ein paar Schritte entfernt und noch in Hörweite, vernahm ich ihr neuerliches Blaffen – oh, dieser ekelhafte Ton –, drehte mich rechtzeitig um und beobachtete, dass ihr tollpatschiger Fuß sich in einer Ranke verfing, sie vornüberfiel und gegen einen Felsbrocken stieß, der sich zum Teil in den seichteren Gefilden des Flusses befand. Sie schlug mit dem Kopf auf und es klang, als habe man ein Ei an eine Haustür geworfen, so wie wir es immer als Kinder zu Halloween gemacht hatten. Sie fiel wie Blei ins

Wasser und ging unter, bis man nur noch das Blau ihres Hinterteils sah, dazu Schaum und eine Reihe von Blasen, die von ihrem untergetauchten Kopf aufstieg.

Ob ich sie hätte retten können, fragen Sie? Ja, ich nehme an. Hätte ich dazu tendiert, wäre die Zeit ausreichend gewesen. Ihr Körper benötigte etwa zehn Minuten, bis er in die stärkere Strömung gelangt war und davontrieb. Aber sagen Sie mir, weshalb ich das hätte tun sollen. Ihre Gefälligkeit mir gegenüber hatte darin bestanden, mit ihrem unwillkommenen Schlampenkörper ärschlings in mein Refugium einzufallen, meinen Frieden und meine Ruhe zu missachten, mich zu verhöhnen und zu beleidigen und wie eine Todesfee zu kreischen. Das verpflichtet mich, ihren wertlosen Kadaver zu retten? Ich denke, nicht. Ich verpasste ihr keinen Stoß; sie fiel aus freien Stücken oder zumindest ihrer dummen Unachtsamkeit wegen, also nichts, womit ich nach meinem Dafürhalten etwas zu tun gehabt hätte.

Ich machte, was jeder redliche Mensch machen würde: Ich nahm das wieder auf, weswegen ich gekommen war. Ich angelte weiter, obwohl es sinnlos war. So sehr ich mich auch bemühte, zu Ruhe und Gelassenheit zurückzufinden, das Weibsstück hatte jeden Anflug von Erholung zunichtegemacht. Ein Tag voller Muße war vereitelt worden und ich stapfte schließlich niedergeschlagen nach Hause, lag doch mein kompletter Ausflug in Trümmern. Man sollte meinen, das sei Strafe genug für meinen kleinen Beitrag zu diesem Malheur, aber das entspräche nicht dem Lauf des Lebens. Denn der Mensch ist wie der Gott, den er sich nach seinem Bilde geschaffen hat: Er fordert nicht Auge um Auge, sondern das Zehnfache an Augen.

Also sitze ich hier in Erwartung der besungenen Herrlichkeit und habe als einzige Gesellschaft Sie, meinen zukünftigen Leser, und einen zur Hälfte verzehrten Cheeseburger.

Soeben ist mir ein Gedanke durch den Kopf gegangen. Während Sie meiner Erzählung folgen, könnten Sie mutmaßen, ich sei verbittert, wütend. Sie befänden sich im Irrtum. Ich bin von Natur aus ein demütiger, anspruchsloser Mensch, zufrieden damit, wie Thoreau in einem Haus am Rande der Straße zu leben und den Rest der Welt auf seinem hektischen Weg vorbeiziehen zu lassen. Ich wurde zum Gefangenen einer Sache, die nicht mein Werk ist. Ich kämpfe gegen die Verbitterung an, jedoch könnten Sie mir diesbezüglich ein wenig Beinfreiheit zubilligen ... eigentlich. Alles in allem bin ich von diesem Missgeschick wahnsinnig gelangweilt. Ich fürchte mich nicht davor, in die letzte Phase des Lebens einzutreten, sehe ihr aber auch nicht mit Spannung oder besonderer Erwartung entgegen. Was könnte ich auch dagegen unternehmen? Nichts. Rein gar nichts. Daher ist es eine kluge Überlegung, lediglich abzuwarten, bis die zugestandene Zeit verstrichen ist, weil sich dann, so nehme ich an, alle Fragen beantworten werden. (Ich spreche vom Tod, falls Sie das noch nicht begriffen haben sollten.) Ich für meinen Teil glaube, dass ich einfach aufhören werde zu existieren oder zumindest wird es mein Bewusstsein, und meine physische Gestalt wird sich nur verwandeln, so wie ein Stück Kohle zu Asche wird, wenn es verbrennt, oder ein Diamant zu Splittern, sofern man ihn zerstößt, allerdings kann ich einen leisen Zweifel nicht leugnen, inwieweit diese Vermutung zutreffend ist. Im Grunde genommen weiß ich es nicht, noch weiß es jemand anderes, soweit ich es feststellen kann. Sagen wir es einmal so: Vor vierundvierzig Jahren schlüpfte ich aus einem Schoß in ein Dasein, von dem ich nichts wusste, und es erwies sich als erträglich. Ich bin sicher, dass sich die nächste Phase als annähernd gleich erweisen wird. Nur hoffe ich, dass es keine teuflischen Schaukelstühle gibt in dem Reich, das zu betreten ich mich anschicke, und auch niemanden, der mich zu einem Gefangenen eines solchen macht.

Ich soll bei Tagesanbruch sterben. Es wird das letzte Bild des einzigen Films sein, von dem ich eine verlässliche Erinnerung meiner Mitwirkung habe, des Films, den wir übereinstimmend als den irdischen bezeichnen. Ob direkt im Anschluss an den alten ein neuer für mich beginnen wird, ist eine Angelegenheit, worüber seit Ewigkeiten debattiert wird, vorausgesetzt man glaubt dem Stapel Lügen, auch Geschichtsschreibung genannt.

Sollte ich mich für das Erschießungskommando entscheiden, wird gut ein Dutzend Soldaten in Reih und Glied den Anweisungen ihres Vorgesetzten Folge leisten, der etwas abseits stehen und seine Befehle in einer Art und Weise erteilen wird, die er vielleicht jetzt, in diesem Augenblick, vor dem Spiegel probt, unter Einsatz unterschiedlicher Stimmlagen, um der am meisten Respekt einflößenden auf die Spur zu kommen.

Dann werden sie ihre Gewehre abfeuern. Interessant hierbei ist, dass nicht alle Gewehre mit scharfer Munition geladen sein werden. Eines wird eine Platzpatrone enthalten, worin nur Pulver steckt und kein Projektil. Damit keiner (von den Soldaten) weiß, wessen Patrone den Verurteilten getötet hat. Damit das Gewissen der

Männer in Balance gehalten wird, nur hege ich die Vermutung, dass die Mehrzahl der Beteiligten sich nicht die Bohne dafür interessiert, ob ihre Waffe scharf geladen ist, und vermute zugleich, dass sie sich insgeheim meinen Tod als eigene Leistung ans Revers heften. Eventuell entzündet sich später bei schalem Bier ein Disput. »Tja«, wird einer loslegen, »es war meine Kugel, die ihn erledigt hat. Ich kenne den Unterschied zwischen scharfer Munition und Platzpatronen. Bei scharfer Munition gibt es einen stärkeren Rückstoß ... und, Mannomann, was war das für ein Rückstoß! Ja, ich war's, der ihn erwischt hat. Ohne Zweifel.« Der Auftakt zu einer Streiterei, da ein anderer sich einklinkt: »Ja, war bei mir genauso – ich weiß, was du meinst. Aber du bist bekanntermaßen ein lausiger Schütze. Du bist so was von eingebildet, wenn du denkst, dass es deine Kugel gewesen ist. Der beste Schütze hier bin ich und ich habe auf seine Gurgel gezielt, dort wurde er am schwersten getroffen. Diese Schussverletzung hat ihn getötet. Ich hab mitbekommen, wo deine Kugel gelandet ist. Hast du den Brocken aus der Mauer fliegen sehen, links von ihm, knapp über seinem Kopf? Puff! Es gab 'ne ziemliche Staubwolke und Splitter vom Mauerwerk. Das war deine Kugel, mein Junge. Da landen deine Kugeln am Montagmorgen immer, draußen, auf dem Schießplatz. Frag den Sergeant. Oben und links. Stimmt's?« Das wäre dann an den Rest der Versammlung gerichtet und würde die Schlacht befeuern. Es wäre aufschlussreich zu erfahren, wer sich die Sache mit der Platzpatrone ausgedacht hat. Ich könnte mir vorstellen, ein religiöser Mensch, ein Priester. Deswegen studieren sie, wegen dieser moralischen Rätsel, die sie zu ihrem eigenen Ergötzen anderen aufgeben.

Ich könnte mich aber auch für den Galgen entscheiden und sie in helle Aufregung versetzen. Einige werden enttäuscht sein, andere dankbar.

Um sechs Uhr dreißig ist der festgesetzte Zeitpunkt meines Todes. Der Zeitpunkt, den der Wetterdienst offiziell als Sonnenaufgang verkündet hat, Gottes ungeachtet, und das große politische Gebilde dieses Bundesstaates baut in seiner Vernunft auf die Meldung des Wetterdienstes, was den Termin anbelangt, wo Paragraph 911, Absatz 11 des Strafgesetzbuches dieses Bundesstaates Genüge geleistet werden soll.

Es handelt sich hierbei um den Paragraphen, der die Hinrichtung überführter und rechtmäßig Verurteilter regelt, die sich eines Kapitalverbrechens schuldig gemacht haben.

Ich sterbe bei Tagesanbruch.

Eine Stimme reißt mich aus meinem Tagtraum.

»Truman.«

Der Schließer steht vor meiner Zelle.

»Keine zwölf Stunden mehr, Truman.« Er lächelt nicht. Er hält sich für einen ernsthaften Menschen und scheint diesen Mitteilungen kein Vergnügen abgewinnen zu können, hat aber ein vom Pflichtbewusstsein auferlegtes Bedürfnis, mir irgendwie einen Gefallen zu tun, und er hat entschieden, dass die Information über die mir noch verbleibende Zeit eine Nachricht darstelle, die ich begierig erwarte. Dem ist nicht so. Jawohl, ich schere mich keinen Deut darum.

Ich kenne ihn kaum, dabei ist er bereits seit einigen Monaten Teil meiner derzeitigen Lebensumstände, des Todestraktes, um genau zu sein. Ich bin von Hause aus nicht sonderlich gesprächig und bei ihm scheinen die

Dinge sehr ähnlich gelagert. Zumindest bis zum heutigen Tage war unsere Konversation zumeist unergiebig und unter Sonstiges zu verbuchen. Sein Tonfall bei der Verkündung der mir noch verbleibenden Stunden ist der des Herolds der Königinmutter anlässlich der dem Hofe vorzutragenden Bekanntgabe einer aufgrund eines wichtigen und zugleich grandiosen Anlasses bevorstehenden Veranstaltung in Gegenwart Ihrer Königlichen Hoheit, auf jeden Fall jedoch von ernster Miene begleitet. Ich stelle mir die müßige Frage, ob mein Schöpfer und die Königin von England und alle in vergleichbarer Position Erfahrungen darüber austauschen, wie Widerspenstige zu zähmen seien, und ob es für ihre Schließer und Herolde eine Ausbildungsstätte gibt oder ob sie ihren Beruf durch eine Form von Osmose erlernen.

Er ist jetzt gegangen, ist in seinen quietschenden knöchelhohen braunen Arbeitsschuhen über die feuchten, kalten Steine vor meiner Zelle davongetrottet.

Vorhin brachte er mir meine Henkersmahlzeit.

Man macht hier ein Riesenaufhebens darum. Ganze drei waren mir diesbezüglich zu Diensten: neben meinem Schließer zwei Aufseher, die ich nie zuvor gesehen hatte. Eine Art Feinschmeckerkommission, nehme ich an. Für sie war es wohl so etwas wie eine intellektuelle Herausforderung. Jeder wartete mit einem Vorschlag auf: Zwei waren für Steak und einer für gebratenen Fasan, serviert unter einer Glashaube, was meiner unmaßgeblichen Meinung nach einen Mangel an Phantasie und/oder Intelligenz offenbarte. Um also aus dem Rahmen zu fallen, gab ich eine Bestellung für einen Cheeseburger, Pommes Frites und einen Erdbeermilchshake auf. Aus dem Rahmen zu fallen war nicht das alleinige Motiv für meine Entscheidung – es war, worauf ich Appetit hatte.

Jetzt steht alles hier, nur zur Hälfte gegessen. Aus irgendeinem Grund habe ich kaum Verlangen danach. Meinen Wärtern gegenüber würde ich es nie zugeben, aber es gelüstete mich nach dem Fasan, kaum dass ich in den Cheeseburger gebissen hatte. Er war bereits abgekühlt, als ich ihn serviert bekam, und man hatte die Extraportion Ketchup vergessen, die ich ausdrücklich zu den Pommes Frites bestellt hatte. Ich mag es, sie in Ketchup zu ertränken – mein heimliches Laster – und ihre kalten, unbedeckten kleinen Körper so zu sehen, verärgerte mich, wobei ich meine Gefühle nicht zeigte, und wenngleich man mir anbot, Ketchup aus dem Speisesaal der Anstalt herbeizuschaffen, erklärte ich, meinen Appetit mittlerweile unter Kontrolle, man möge sich keine Umstände machen, nicht ohne, ich muss es zu meiner Schande gestehen, meiner Ablehnung einen Anflug von Verdruss beizugeben. Das steht mir zu. Es ist mein letzter Tag auf Erden.

Was mir an der hiesigen Örtlichkeit besonders auffällt, ist die Luftfeuchtigkeit. Selbst an den heißesten Tagen herrscht eine beständige Feuchte und sie kriecht einem regelrecht in die Knochen.

Dazu der Lärm. Niemals ist Stille, nicht einmal um vier Uhr morgens. Es ist ein sehr altes Gefängnis und es hat nichts gemein mit dem, was ich unter der Gestaltung einer modernen Anlage verstehe. Der Todestrakt befindet sich nicht in einem separaten Gebäude, nicht einmal in einem nur dafür vorgesehenen Flügel – nein, er ist schlicht die oberste Etage von vieren in diesem Zellenblock mit der nichtssagenden, uninspirierten Bezeichnung »J«-Block. Eine verwaltungstechnische Bezeichnung. Sollte das »J« überhaupt für etwas stehen, so scheint es zumindest niemand zu wissen. Unter mir sind die normalen Insassen, auf die man in jeder Haftanstalt trifft. Mörder, Diebe, Fälscher, Drogenhändler, Vergewaltiger, ein oder zwei Kinderschänder – die üblichen Angehörigen dieser Gemeinschaft. Sogar ein Viehdieb, wie mir erzählt wurde. Niemals hüllt der Mantel des Schweigens diesen Zellenblock ein. Des Nachts ertönt hier und da Geschrei: Männer, die – wie ich aus ihrem Jaulen schließe – unter den Qualen der Leidenschaft aufheulen, während die Objekte ihrer Zuwendung mit schrillen Stimmen schreien, oft nach ihren Müttern.

Um Mitternacht fährt draußen ein Zug vorbei, lässt sein Signal ertönen und der Lärm steigert sich für eine Weile.

Männer, die schluchzen. Lästige Geräusche, so sie von Frauen herrühren, aber ganz und gar erbärmliche Laute bei Männern.

Anscheinend hassen die meisten Männer hier drinnen den Ton des Zugsignals, jedenfalls den Flüchen und Schreien aus den unteren Etagen nach zu urteilen. Was mich betrifft, ich nehme ihn kaum wahr, wäre da nur nicht das Mehr an Lärm, das er provoziert und das mich immer aufweckt, was unangenehm ist. Enervierend.

Wir sind zu dritt im Todestrakt. So wenige wie nirgendwo sonst im ganzen Land. Weil dieser Bundesstaat, anders als die meisten, seine Häftlinge eben nicht deponiert, sozusagen – man tut, was das Gericht verlangt, und tötet uns. Ich gebe diesem Vorgehen den Vorzug. Es ist zielgerichtet und ehrlich.

Meine Zelle befindet sich zwischen zwei unbelegten Zellen. Erst dann kommen meine Nachbarn.

Abgesehen von der Tatsache, dass uns das Essen gebracht wird, werden wir weitestgehend wie alle anderen Insassen behandelt. An Besteck ist uns nur ein großer Suppenlöffel aus Metall zugestanden. Aus naheliegenden Gründen scheut man davor zurück, uns mit einem Messer oder einer Gabel auszustatten. Wir führen diesen Löffel in unserer Gesäßtasche mit, wohin wir auch gehen. Hin und wieder steht eine Durchsuchung der Zellen an und sie inspizieren den Löffel, um sicherzugehen, dass wir den Betonboden nicht als Feile eingesetzt haben, um den Löffelstiel zu einer Waffe zu schärfen.

Diesbezüglich brauchen Sie sich um mich keine Gedanken zu machen. Ich bin ein friedlicher Mensch und verspüre kein Verlangen, jemanden zu verletzen. Ausgenommen vielleicht den verhassten Schließer! (Das war selbstverständlich ein Scherz.)

Es ist uns auch kein Spülmittel gestattet, um unseren Löffel abzuwaschen, und so können wir ihn nur in dem kleinen Spülbecken in unserer Zelle unter Wasser halten.

Zu jeder Mahlzeit gibt es Bohnen, auch zum Frühstück. Man ist gezwungen, jeden Löffel Bohnen langsam und vorsichtig durchzukauen. Dem Direktor der Anstalt liegt eine Kalkulation für unsere Verpflegung vor und wenn er aus dem ihm zur Verfügung stehenden Budget einen Betrag übrig behält, darf er die eingesparte Summe für sich verwenden. Bohnen sind das preiswerteste Nahrungsmittel, das er einkaufen kann, und so sind sie auf dem Speiseplan Bestandteil jeder Mahlzeit.

Der Grund für die Notwendigkeit, die Bohnen sorgfältig durchzukauen, ist die Praxis der Händler, dem Direktor die Bohnen in 100-Pfund-Säcken aus Jute zu liefern. Also wird jedem Sack eine Schaufel Kies beigemischt. Jeder Händler haut den Direktor übers Ohr und der uns. Da ist das Ende der Fahnenstange, schließlich gibt es niemanden mehr, den wir übers Ohr hauen könnten. Den Letzten beißen die Hunde, wenn man so will.

Die Häftlinge in der Küche machen sich nicht die Mühe, den Kies auszusortieren. Sie sind Kriminelle, keine Küchenchefs, und fühlen sich demzufolge ihrem Handwerk nicht mit Stolz verpflichtet.

An meinem ersten Tag biss ich auf einen Stein und einer meiner Backenzähne brach in zwei Teile. Ich ging nicht zum Zahnarzt deswegen, schließlich waren mir bereits Geschichten über das medizinische Personal zu Ohren gekommen. Entweder sind es Flüchtlinge aus der Dritten Welt mit fragwürdigen Abschlüssen karibischer Universitäten oder Leute mit Alkohol- und Drogenproblemen. Der Staat zahlt ihnen nicht viel, also bessern die meisten ihr Einkommen auf, indem sie Arzneimittel aus ihrem Besitz an Insassen verkaufen. Das Novocain, das Zahnärzte anwenden, ist nur dem Namen nach ein Anästhetikum. Wie man mir berichtete, besteht es zur Hauptsache aus destilliertem Wasser, und ich halte diese Information für verlässlich.

Ich habe mich an den pochenden Schmerz gewöhnt und spüre ihn mittlerweile kaum noch. Selbst wenn es sich bei dem hiesigen Zahnarzt um eine Koryphäe von der Park Avenue handelte, der einmal die Woche einen Akt der Wohltätigkeit an Häftlingen vornähme und die besten Medikamente einsetzte, soll er weder einen Blick auf meinen Zahn werfen, noch soll er ihn behandeln. Wozu? Ich werde bald sterben. Welchen möglichen Vorteil zöge ich daraus, ohne Zahnschmerzen zu sterben? Ich glaube nicht, dass mir bange sein wird, wenn meine Zeit gekommen ist, aber wenn doch, dann wird mich der Schmerz in meinem Kiefer gedanklich etwas ablenken, eventuell. Oder auch nicht. Man wird sehen.

Uns, die wir im Todestrakt sitzen, werden etwas größere Zellen zugestanden als den gemeinen Insassen. An der Rückwand der Zellen gibt es keine Fenster und dicke Mauern zu beiden Seiten trennen uns von den benachbarten Zellen. Blicke ich hinüber zur gegenüberliegenden Wand, blicke ich auf ein vergittertes Fenster, das auf den in der Mitte der Anstalt gelegenen Gefängnishof hinausgeht, aber ich sehe lediglich den Himmel, da wir zu weit oben sind und sich die Fenster gewissermaßen über mir befinden. Stelle ich mich an die Tür meiner Zelle, kann ich ein Stück den Gang entlangsehen, der direkt davor verläuft, nach rechts und nach links jeweils dreißig bis sechzig Zentimeter. Ich sehe das Geländer am Gang, aber da wir, wie gesagt, oben sind, reicht mein Blick nicht bis in das Erdgeschoss, wo der Wachhabende des Zellenblocks an einem Schreibtisch sitzt. Ich höre die Aufseher, wenn sie den Gang entlanggehen. Ihre Schuhe machen laute Geräusche, solche von eigenem Charakter. Gehen Häftlinge vorbei, gibt es entschieden leisere Töne. Die uns vom Staat zur Verfügung gestellten Schuhe haben so eine Art Kreppsohle, nicht die von bestimmten Sportschuhen, aber insgesamt sind die Schuhe weicher als das Lederschuhwerk der Aufseher, das eher Stiefeln ähnelt. Eine Ausnahme bildet besagter Schließer. Sein Schritt klingt mehr wie der unsere.

Unsere Schuhe quietschen, wenn sie nass sind.

Der Schließer hat auch die nervtötende Angewohnheit, seinen Generalschlüssel beim Vorbeigehen an allen Gitterstäben entlangklackern zu lassen. Manche Häftlinge fordern ihn lauthals auf, sein höllisches Geklapper einzustellen, doch er beachtet sie nicht oder er blendet sie einfach aus.

Ich werde Ihnen eine Geschichte erzählen, die veranschaulicht, wie ich zu meinem Abschied vom Leben stehe. Ich hatte einen Bekannten in meinem Alter, der sich im letzten Jahr empfahl – seine Fahrkarte hinaus war ein Krebsbefall irgendwo in seinem Körper. Er hatte ein flottes Leben geführt, sich hier niedergelassen, dann dort, erst den einen Beruf ausgeübt, dann einen anderen, mit dieser Person in wilder Ehe gelebt, dann mit jener, sehr wenig geschlafen, damit er seinen Tag bis zum Anschlag vollstopfen konnte mit »Erfahrungen«. Kurzum, er hatte ein überaus aktives Leben. Bei meinem Besuch weinte und plärrte er, meinte, er könne es nicht ertragen, schon zu sterben; er habe noch so viel vor und nicht genügend Zeit dafür – er fühle sich, als habe er nicht einmal fünf Minuten gelebt. Das ging mir durch den Kopf, als ich von meinem Platz an seinem Krankenbett aufstand und wegging. Ich war genauso alt wie er, hatte nicht ein Hundertstel dessen getan, was er getan hatte, und hatte trotzdem das Gefühl, ewig gelebt zu haben und jederzeit sterben zu können, da ein reiches und erfülltes Leben hinter mir lag.

Ist es nicht tragisch, dass er so viel Vergnügen und Abenteuer erlebt hatte, ich hingegen kaum etwas dergleichen, aber von einem erfüllten, vollkommenen Leben sprechen kann, wohingegen seines nur ein Lichtblitz war, eine kleine Supernova, ein Leben, das nur einen Wimpernschlag lang zu währen schien? Qualität war der Eckpfeiler meines Lebens, nicht Quantität, und empfände ich Mitleid, was ich, wie ich Ihnen versichere, nicht empfinde, dann für meinen Bekannten, nicht für mich.

Sie attestieren mir mangelndes Mitgefühl, weil ich diesen Mann nicht beweine? Ich werde Ihnen etwas über mangelndes Mitgefühl erzählen. Ich rauche Camel ohne Filter. Wie oft gab es Wildfremde, die auf mich zukamen und sagten: »Hören Sie, Sie sollten diese Dinger nicht rauchen. Die bringen Sie doch geradewegs ins Grab.« Oder anderes Geschwafel dieser Art. Handelte es sich dabei um warmherzige, besorgte Mitmenschen, bedacht auf meine Gesundheit und mein Wohlergehen? Zugegeben, oberflächlich betrachtet hat es den Anschein, insbesondere für jemanden mit naiven Vorstellungen von menschlichem Verhalten, aber nein, dem ist nicht so. Diese Menschen und ich, wir kannten einander nicht, und selbst wenn wir einander gekannt und diese Leute mich sogar verachtet hätten, hätten sie genauso scheinheilig-gefühlsduselig argumentiert. Was sie hingegen tatsächlich meinten, liest sich so: »Hören Sie, ich denke, ich bin Ihnen überlegen, denn ich habe diese üble Angewohnheit nicht, und ich wünschte, Sie würden sich bewusst machen, dass ich nicht nur besser bin als Sie, sondern auch über alle Maßen intelligenter. Meinetwegen können Sie morgen sterben. Seien Sie sich nur darüber im Klaren, dass ich Ihnen haushoch überlegen bin.«

Diese Menschen ziehen eine Show ab, um anderen ihre Nächstenliebe zu demonstrieren, und empfinden dabei in Wahrheit nur Verachtung für etwas, was sie als eine Schwäche betrachten, von der sie selbst nicht betroffen sind. Sind Sie wirklich der Ansicht, das seien fürsorgliche Menschen? Selbstverständlich sind Sie der Ansicht, denn Sie äußern sich genauso. Begreifen Sie jetzt, wie absurd Ihre Definition von »fürsorglich« ist? Tja, natürlich begreifen Sie das nicht. Sie sind nicht in der Lage, das Motiv hinter den Worten zu entdecken.

Ich für meinen Teil würde mir niemals anmaßen, anderen unaufgefordert einen Ratschlag zu erteilen.

Es geht um ihre Angelegenheiten, um ihr Leben, und es gehört nicht zu meinen Obliegenheiten, darin herumzupfuschen. Weshalb sich als Besserwisser aufspielen, der zu wissen glaubt, was das Beste für andere sei? Und doch verhalten sich Menschen genauso, immer und immer wieder, und halten sich für mitfühlende, fürsorgliche Zeitgenossen, wohingegen ich in Wahrheit tausendmal menschenfreundlicher bin als sie. Ich versteige mich nicht dazu, mich in das Leben anderer einzumischen. Ich erweise anderen den Respekt, von dem ich wünschte, man würde ihn auch mir erweisen. Kennen Sie jemand Ehrlicheren als mich? Ich denke, nicht. Ziehen Sie Ihre eigenen Schlüsse daraus.

Hier kommt er wieder, der grässliche Schließer. Ich frage mich, welche kostbaren Perlen der Weisheit, welche köstlichen Leckerbissen in Sachen Konversation er diesmal anzubieten habe. Wie? Noch zehn Stunden. Mensch, vielen Dank, mein Guter. Darf ich davon ausgehen, dass Sie Stunde für Stunde auf den Glockenschlag genau hier erscheinen und mir diese Information von unschätzbarem Wert zukommen lassen? Sie werden? Das macht mich derart glücklich, dass ich dem Entzücken, das dieses Wissen auslöst, mit meinen bescheidenen Worten keinen Ausdruck zu verleihen vermag. Das wünsche ich Ihnen auch, Sir. Ihnen ebenfalls einen schönen Tag!

Verdammte Kanaille! In meinem ganzen Leben habe ich mir nie auch nur ein einziges Mal etwas gewünscht ... bis auf eines: Ich wünschte, man richtete mich auf dem elektrischen Stuhl hin, nicht durch ein Erschießungskommando, und dass mein guter Freund, der Schließer, mir dabei Gesellschaft leistete, und zwar auf meinem Schoß.

Und das war eine Lüge. Es überrascht mich, dass ich das zu Ihnen gesagt habe. Dass ich mir bis jetzt noch nie etwas gewünscht hätte. Es gab einen Moment in meinem Leben, da verlangte mich nach etwas. Ein wohlmeinender, aber in die Irre geleiteter Bekannter (mein Anwalt, um genau zu sein – ich frage mich, was sein Hintergedanke dabei war) überzeugte mich entgegen meiner besseren Einsicht von den sich mir bietenden Vorteilen eines Urlaubs. Es war der einzige Urlaub, den ich mir je gestattete und den ich je durchlitt, und im Rückblick darauf wäre ich besser meinem Instinkt gefolgt und zu Hause geblieben. Ich muss allerdings einräumen, dass mich während meines Studiums der Kataloge, als ich den Lobpreisungen der Vorzüge der Bahamas ausgeliefert war, eine verhaltene, wenn auch wohlige Vorfreude überkam, nur vergaß ich törichterweise, dass ich es mir zu diesem Zeitpunkt in meinem Wohnzimmer bequem gemacht hatte und die sengende Sonne auf den Fotos nicht zu spüren bekam. In mir machte sich die Überzeugung breit, dass diese Exkursion das unbeschwerteste Erlebnis in meinem Leben werde, und, ja, voller Ungeduld fieberte ich dem Tag geradezu entgegen, an dem ich zu meinem Abenteuer aufbrechen würde.

Mein Erholungsurlaub sollte sich über eine Zeitspanne von einem Monat erstrecken. Es war fürchterlich. Ich ertrug es eine ganze Woche, bevor ich zurückkehrte. Das war der Moment, als ich das ungewohnte, quälende Gefühl durchlebte, etwas derart intensiv herbeizusehnen, dass ich es – um mich einer trivialen und weit verbreiteten Wendung zu bedienen – geradezu riechen konnte. Und was war das Objekt dieser verzweifelten Sehnsucht? Ganz einfach: sich eine knappe Stunde einem unserer herbstlichen Regengüsse auszusetzen. Ich gierte danach zu spüren, wie sich ein solcher Tag anfühlt. Sie wissen, wovon ich rede: der Wind auffrischend, das Laub rotbraun, nasse Kälte, die angenehm an den Gelenken nagt, alles im Grau und Schwarz und die Knochen ausgekühlt, wie taub. Was für ein Gefühl! Ein Wetter, wie es sein soll! Ein Wetter, das stimuliert! Die Sonne auf den Inseln ist eintönig, langweilend, eine Sonne der Frauen. Das Gleiche Tag für Tag, jeden endlos langen Tag. Ich wurde verrückt. Wieder zu Hause – nachdem ich einem Strudel aus Fliegern und Taxis entronnen und, von Panik erfüllt, in der klaustrophobischen Enge einer öffentlichen Bedürfnisanstalt einem menschlichen Rühren nachgekommen war –, ließ ich mich auf meinen zitternden Knien nieder und küsste den geliebten feuchten Boden. Mir völlig unbekannte Gefühle übermannten mich, während ich dergestalt verharrte, den eisigen Niederschlag segnete, der auf die Ärmel meines Mantels schlug und meine Zähne dazu bewegte, in einem fröhlichen Klappern aufeinanderzuschlagen. Meine Nase triefte und die Tränen auf meinen Wangen gerieten zu eisigen Krümeln, während ich dort lange, köstliche Minuten kniete, den prächtigen Regen genoss und mich wie nie zuvor – ich wiederhole: wie nie zuvor – derart lebendig und im Einklang mit der Natur fühlte.

Wie Sie sehen, habe ich nicht die Wahrheit gesagt. Ich habe mir schon mal etwas gewünscht; aber es handelt sich um eine lässliche Lüge, und zwar deshalb, weil ich es vergessen hatte.

Mein Prozess. Eine absolute Farce. Theater. Ich bedauere, nicht mit lebhafteren Ausdrücken aufzuwarten, aber diese beiden Worte beschreiben das, was sich abspielte, besser, als zweitausend andere es vermögen.

Ich verteidigte mich selbst. Ich stieg in die Geschichte ein, angesichts meines Verständnisses von dieser Gesellschaft wohl wissend, welchen Ausgang sie nehmen werde, und welche Notwendigkeit hätte bestanden, gutes Geld für jemanden zu verbrennen, der das Unvermeidliche ohnehin nur hätte hinauszögern können und mich zudem zu Tode gelangweilt hätte, indem ich ihm zuliebe die Ereignisse des in Rede stehenden Tages immer und immer wieder hätte beschreiben müssen? Überhaupt keine. Mit einem gewissen Stolz bekenne ich, dass ich, der ich bis zu diesem Tage niemals einen Gerichtssaal von innen gesehen hatte, mich gekonnt aus dem Leben expedierte.

Meine Darlegung der Fakten war knackig und präzise, selbstredend unvoreingenommen und zutreffend, mein Vokabular gewählt und mein Vortrag rhetorisch brillant: Gelegentlich erklomm er gar dichterische Höhen. Als Zeugnis führe ich die meinerseits zufällig aufgeschnappte leise Bemerkung eines mir unbekannten Zuschauers an die Adresse eines anderen an, einen in gedämpftem, ehrfurchtsvollem Ton formulierten verworrenen Vergleich meiner mit Stentorstimme vorgetragenen Ergüsse mit denen des berühmten Clarence Darrow, und wenn ich auch während des gesamten Prozesses meine Gefühle in bewundernswerter Weise unter Kontrolle hatte, schoss mir doch in Anbetracht dieses unbeabsichtigten Lobes das Blut in die Wangen.

Der Staatsanwalt war ein verkümmertes Exemplar von einem Mann, kriecherisch und böse, ein schimmernder Käfer in seinem schwarzen Anzug, dessen Verrenkungen nur der Beförderung der eigenen Karriere auf meine Kosten dienten. Egal. So ist der Lauf der Dinge. Er gewann den Fall, wie ihn jeder Trottel hätte gewinnen können, wurde jedoch im Verlauf als ein hohler, die Pose liebender Vogel bloßgestellt und konnte dem Vergleich nicht standhalten, wenn er genötigt wurde, meine ausgefeilte Rhetorik zu kontern. Mit Bestimmtheit weiß ich, dass meine Eloquenz ihn überrumpelte; der flüchtige Anblick seines Kiefers, der in Ehrfurcht vor meiner Belesenheit herunterklappte, sofort, als ich zu sprechen begann, zauberte ein Lächeln auf meine Lippen. Ich fühlte mich wie jemand, dem ein Straßenräuber ein blitzendes Messer an die Kehle gesetzt hatte und für den die Weigerung, sein Geld herauszurücken, eine Frage der Ehre war. Den Dutzenden gleich, die sich auf dem Bürgersteig rund um den Straßenräuber und sein Opfer tummeln, viele in Erwartung eines möglichen Blutvergießens kribbelig, starrten meine im Gerichtssaal hockenden Mitbürger zu mir herüber. Ich war ein solches Opfer, dort, im Gerichtssaal, umgeben vom gemeinen Volk, mein Tod eine ausgemachte Sache, mein Geist hingegen unerschrocken und erhaben über diese kleinen Lichte. Der Tod – was ist der Tod?, fragte ich den Staatsanwalt rundheraus. Ist es das, von dem Sie meinen, mir damit drohen, mir damit Angst einflößen zu können? Buh!, rief ich den Anwesenden zu. Benutzen Sie das Wort, um Ihre Kinder zu erschrecken, so, wie ich es Ihnen ins Gesicht zurückschleudern werde, denn der Tod hält für mich weder Schrecken bereit noch irgendeine Bedeutung, so wenig wie für jeden anderen tapferen Widerständler. Ich nehme das Leben, wie es kommt, weiche nichts und niemandem aus, ungeachtet der Auswirkungen auf meine Sicherheit, und wir leben, wie wir eines Tages sterben werden: mit offenen Augen und erhobenen Hauptes, und machen Sie, was Sie wollen, es spielt keine Rolle. Sie haben mir Ihr Messer an die Kehle gesetzt und ich lache Sie aus. Sie sind es, der Angst hat, nicht ich. Und wenn es Ihnen auch gelingt, mich zu ermorden, werden Sie mich selbst noch an dem Tage fürchten, der meiner Beerdigung folgt. Sie werden von mir träumen, wenn Sie des Nachts allein in Ihrem Bett liegen, werden aufwachen, von kaltem Schweiß bedeckt, mit wild klopfendem Herzen, die Augen weit aufgerissen, leuchtend im kalten Licht des Mondes. Diese und andere Äußerungen waren an den Staatsanwalt gerichtet und an den Gerichtssaal im Allgemeinen, und es machte sich ein langes Schweigen breit, nachdem ich gesprochen hatte.

Es war vorherbestimmt, dass er eine Verurteilung erreichen würde, also war der Triumph kein echter Triumph (außer für einen Phrasendrescher wie ihn). Ein schaler Sieg nach Punkten, nachdem mein Gegner den ganzen Kampf über in den Seilen gehangen hatte. Unser Kräftemessen war entschieden, noch bevor es begonnen hatte.

So oder so, jeder von ihm formulierte Satz war eine Lüge. Was mich betraf, ich hielt mich an die Wahrheit, egal, wie schmerzhaft es war oder was es mich kostete.

Ja, ich habe sie geschlagen.
Ja, ich habe sie gefickt.

Erwähnen Sie das Wort nicht noch einmal, sagte der Richter.

Ich werde jedes Wort verwenden, das ich als richtig erachte, erwiderte ich. Es ist ein gutes, angelsächsisches Wort, das genau zum Ausdruck bringt, wonach es klingt, anders als das politisch korrekte Französisch oder Latein, dessen Sie sich im Saale hier bedienen und das auf krummen Wegen von der Wahrheit ablenkt, sie nie im Kern trifft. Ich fuhr fort, unbeeindruckt von seinem konsternierten Gesicht, das in jedem einzelnen Zug den Mangel an Intelligenz offenbarte.

Ja, sie stellte eine Verlockung für mich dar.

Ja, ich sah, wie sie aus freien Stücken mit drei Männern fickte.

Ja, sie war eine Hure.

Ja, sie glitt aus, fiel hin und schlug dabei mit dem Kopf auf.

Ja, sie ertrank.

Ja, ich hätte sie retten können.

Nein, ich habe nicht versucht, sie zu retten.

Und weiter in diesem Stil, ad infinitum.

Ja, es setzte sich endlos fort. Der Prozess fraß drei Tage. Um elf Uhr des ersten Tages war ich durch. Die Fakten waren vorgetragen, man hätte zu diesem Zeitpunkt das Possenspiel beenden und das Urteil verkünden können, fertig. Aber, nein, dem Recht sollte Genüge getan werden, also mussten sie all die öden und ermüdenden Details erörtern, bis man schreien oder würgen oder auf die eigene Brust einschlagen wollte, was auch immer, nur um die Langeweile erträglich zu machen, deren dieses große Fürstentum bedarf, damit eine Zirkusvorstellung als Prozess begriffen wird.

Es wurde so ungemein stumpfsinnig, dass ich mich aufs Nasebohren verlegte und darauf, die Popel zu essen, vor aller Augen und mit übertriebenem Gestus, und dabei furzte ich, wann immer sich die Gelegenheit dazu bot. Gib den Proleten Anlass, sich zu entrüsten, nicht wahr? Als der Richter mich zur Ordnung rief, seine Ermahnung nur so hervorstammelte, das Gesicht so rot wie die Sonne auf den Bahamas und die Borsten über seinen Augen hochgezogen, grinste ich spöttisch und stellte klar, dass mein Benehmen nicht nur gesittet sei – so hätten die alten keltischen Könige das gleiche Gebaren an den Tag gelegt, wenn sie niederen Geschöpfen in ihrer Nähe ihre Geringschätzung zeigten –, es sei darüber hinaus mein Recht, wenn nicht gar meine Pflicht als Gentleman, dergestalt aufzutreten, berücksichtige man die Gesellschaft, in der ich mich befände, wo moralische Präzedenzfälle gang und gäbe seien.

Das machte ihn vollends konfus. Er nahm mich mit einem dümmlich-unsicheren Starren ins Visier und für alle im Saal war offensichtlich, dass ich ihm überlegen war und der Triumph meiner.

Als es schließlich zur Verkündung des Strafmaßes kam, erfüllte es mich mit Stolz, quasi auf der Tagesordnung zu stehen, in strammer Haltung und in einem sauberen Anzug mit militärisch korrekter Bügelfalte, und ich sah dem Richter dabei unbeirrt in die Augen. Es war seine Hand, die zitterte, sein Blick, der flackerte, als er die Worte sprach »... sind für schuldig befunden worden und werden hiermit zum Tode verurteilt – ob durch ein Erschießungskommando oder durch den Strang obliegt Ihrer Wahl«, an dem und dem Tag, zu dieser Stunde und an diesem Ort, bla, bla, bla. Sie kennen das Verfahren.

Was? Ich kann Sie nicht verstehen, Schließer. Sie müssen lauter sprechen, aus dem Zwerchfell. Oh, ja, also noch zehn Stunden? Danke auch. Was? Noch mal, Sie sprechen zu leise. Nein. Nein, danke. Ich möchte ihnen in die Augen sehen und mich davon beeindrucken lassen, welch großartige Entwicklung die Zivilisation durchlaufen hat. Ihnen auch noch einen schönen Tag, Sir.

Einen Moment. Warten Sie. Kommen Sie bitte her, Sir. Wissen Sie was? Nehmen Sie die Pommes Frites mit und lassen Sie den Cheeseburger hier. Ich befürchte, der Anblick zu vieler kulinarischer Verdienste könnte zu einer Gehirnerweichung führen und dass mich am Ende schwindelt vor lauter Verwunderung. Sie könnten mir eine Tasse von diesem Gebräu bringen, das ihr als Kaffee bezeichnet. Ich würde zu gern wissen, was die Kolumbianer von eurer Verarbeitung der Früchte ihrer Anstrengungen halten. Schwarz, wenn's recht ist ... wie meine Seele. Hahaha!

Na bitte. Sehen Sie? Es wird mich mit Freude erfüllen, wenn diese zehn Stunden verstrichen sind. Links von mir, zwei Zellen weiter, sitzt ein Mann, dessen Hinrichtungstermin in drei Monaten ansteht. Können Sie sich das vorstellen? Der Mann zu meiner Rechten, ebenfalls zwei Zellen weiter, hat noch sechs Monate vor sich. Drei beziehungsweise sechs Monate länger den Schließer sehen und hören müssen? Insgeheim nenne ich ihn (den Schließer) Mr. Timex. Er ist nicht viel wert, doch was auch kommen mag, er funktioniert.

Wissen Sie, weshalb man zwischen uns Verurteilten eine Zelle unbelegt lässt? Damit wir kein Komplott schmieden, uns selbst abzumurksen. Das würde gegen das Gesetz verstoßen und gäbe ein schlechtes Vorbild für andere Schwerverbrecher, von den gewöhnlichen Bürgern ganz zu schweigen. Ein sehr schwerwiegender Verstoß, allerdings! In diesem Fürstentum wird es als niederträchtige Handlungsweise erachtet, den Versuch zu unternehmen, das Exekutionskommando auszutricksen. Ich vermag nicht zu sagen, welche Strafe darauf steht, ob es sich um eine empfindliche Geldstrafe handelt oder um eine eher physische, aber ich bin davon überzeugt, dass es eine harte Strafmaßnahme ist, so, wie darüber gesprochen wird. Uns wird immer gesagt, wir bekämen »große Schwierigkeiten«, sollten wir einen Selbstmordversuch unternehmen, und mir graut vor dem Gedanken an die Strafe im Falle eines Versuches.

Überlegen Sie mal: Wären Sie die Person, die einem zum Tode verurteilten Mithäftling bei einem solchen Unterfangen zur Hand geht, würde man Sie zuerst mit der Verschiebung Ihres Hinrichtungstermins um, sagen wir mal, sechs Monate bestrafen und zu gleicher Zeit eine neue Anklage gegen Sie zurechtzimmern. Malen Sie sich das mal aus! Sechs weitere Monate Mr. Timex zuhören müssen! Wenn die nur begreifen würden, dass niemand bei klarem Verstand ein solches Los riskieren würde!

Ich träume. Ich träume und aus meinem Traum heraus entwickelt sich ein genialer Plan. Ich war früher in der Lage zu fliegen.

Bevor Sie lachen, hören Sie erst einmal zu. Wenn ich fertig bin, sagen Sie mir in aller Aufrichtigkeit, dass Sie so etwas noch nie gemacht haben, oder – sofern Sie sich selbst gegenüber so ehrlich sind, wie Sie vorgeben, es zu sein – erklären Sie mir, sich dank Ihrer Selbsttäuschung nicht daran erinnern zu können, das Gleiche getan zu haben wie ich. Wir werden ja sehen, und zwar baldigst.

Als ich Kind war, wohnten wir für den Zeitraum einiger Monate in einem Haus, das in einer Sozialbausiedlung lag; Dutzende schäbiger Häuser, eins wie das andere, pastellfarbene Schachteln in Reihen, jede Schachtel die exakte Kopie der Schachtel nebenan. An unserem eigenen Haus mussten, so glaube ich, Reparaturen ausgeführt werden, was erforderte, dass wir diese Unterkunft bezogen. Jede Häuserreihe der Siedlung war an einem Hang errichtet, was bedeutete, dass das erste Haus der Reihe höher lag als das letzte am entgegengesetzten Ende. Die Vorgärten wiesen durchweg die gleiche Neigung auf, aber die Gärten hinter den Häusern, ach, diese Gärten! Hier hatte der Architekt ein wenig Kreativität einfließen lassen. Jeder Garten fiel gegenüber seinem Nachbarn ab, so wie die Stufen der Cheopspyramide. Ja, und?, werden Sie fragen. Nun, es war dieser aus dem Rahmen fallenden Anlage geschuldet, dass ich meine Fähigkeit zu fliegen entdeckte. Eines Tages, ich muss etwa sechs gewesen sein, sprang ich von unserem Garten in den unserer Nachbarn. Es war reiner Zufall, dass ich mich, anders als all die Male zuvor, nicht in einem Fallen wiederfand, sondern in einem Schwebezustand. Angesichts dieser Entdeckung über alle Maßen erregt, versuchte ich mich an einer Wiederholung des Kunststücks, diesmal mit negativem Ergebnis.

Statt es als einmaliges Wunder abzuhaken, bemühte ich mich unter großen Anstrengungen, die einzelnen Phasen des Vorgangs nachzustellen, immer und immer wieder, nur um jedes Mal kläglich zu scheitern. Das Einzige, was ich erreichte, war ein Zustand der Erschöpfung und Entmutigung. Der vielen Ansätze wegen fühlte ich mich zum Zeitpunkt meines letzten Versuches wie betäubt, sowohl körperlich als auch emotional, und es war bei diesem letzten Satz, dass ich erneut ein Hochgefühl durchlebte, so, wie ich es bei meinem ersten, zufälligen Sieg über die Schwerkraft erfahren hatte. Ich schwebte! Euphorie ergriff mich, ich war begeistert, völlig außer mir! Der Schlüssel, den ich genau in diesem Moment entdeckte, war keine bestimmte Körperhaltung, keine Windströmung oder Lufttemperatur, sondern allein die Ausrichtung des Denkens. Es handelte sich um ein Zusammenspiel des Prozesses, in dessen Verlauf ich meine Gedanken ordnete, und einer gewissen Atemkontrolle, das mich in den Stand versetzte, das physikalische Gesetz der Schwerkraft zu überwinden, was mir wiederum erlaubte, über dem Boden zu schweben, solange es mich danach verlangte. Ich gebrauchte einfach meinen Willen, um meinen Körper zu einer Ansammlung von Zellen, leichter als Luft, zu machen, und hielt den Atem an, oder zumindest in etwa. Es gelang mir, winzigen Mengen an Sauerstoff ein Hin und Her zu ermöglichen, gerade einmal so viel, dass ich am Leben blieb. Aber das war nur ein Teil des Tricks. Es ist verzwickt, aber ich will versuchen zu erklären, was ich da machte, damit Sie es nachvollziehen können.

Ein Erfolg beim Schweben erforderte das Löschen aller entbehrlichen Gedanken in meinem Kopf. Das Denken war mir zwar weiterhin möglich, allerdings mit einem anderen Teil meines Gehirns. In erster Linie musste ich also mein Gehirn zweiteilen. Der wesentliche Teil beziehungsweise der Teil, den zu benutzen ich gewohnt war, musste gewissermaßen aus dem Verkehr gezogen werden, damit dort kein Gedanke, kein elektrischer Impuls mehr entstehen konnte, und ein neuer Teil meines

Gehirns, von dessen Existenz ich bislang nichts gewusst hatte, kam zur Verwendung, und mit diesem neuen Teil konnte ich alles umsetzen, alles denken und jegliche physikalische und chemische Gesetzmäßigkeit unterlaufen. Anfänglich setzte ich ihn nur zur Steuerung meines Fluges ein, stieg mit wachsendem Zutrauen in diese Fähigkeiten immer höher hinauf, immer souveräner.

Zunächst vermochte ich bestenfalls fünf Sekunden in der Schwebe zu verharren, doch als ich lernte, mir meine neue Kraft zunutze zu machen, nahm die Dauer meiner Flüge zu, genau wie die Entfernung, die zu überwinden ich in der Lage war. Ich sprang von höheren und noch höheren Hügeln und eines Tages dann fand ich heraus, dass es mir gegeben war, mich von ebener Erde aus in die Luft zu schwingen.

Das ging so weiter, bis ich diese Gabe im Alter von elf Jahren unerwartet verlor. Der Anlass ist mir entfallen, offensichtlich ist er ins Unbewusste verschoben worden, aber ich weiß um die Ursache, weshalb ich nicht mehr fliegen konnte. Wenn ich mich in diesen Zustand versetzte – ich stelle ihn mir als eine Art Selbsthypnose vor –, setzte ich mich zugleich einer von meiner Umgebung ausgehenden Gefahr aus, wurden andere Menschen zu meinem Hauptfeind. Folgendes: Mir wurde bewusst, dass eine Beeinträchtigung meiner Konzentration während eines Fluges einen Absturz nach sich ziehen konnte.

Diese Befürchtung war von Anbeginn an irgendwo in meinen Gedanken vergraben, und je mehr Erfahrungen ich sammelte, je versierter ich im flügellosen Flug wurde, was mich in die Lage versetzte, meinen Verstand für mehr, für mannigfaltigere Aktivität zu sensibilisieren, desto schärfer wurde die Wahrnehmung der Gefahr, in der ich schwebte. Dies sollte das Ende meiner neuen Befähigung einläuten. Kurzum, ich lernte, mich zu ängstigen.

Und der flügellose Flug eines Menschen ist nur bei absoluter Angstfreiheit gewährleistet. Hat der Verstand erst einmal Bekanntschaft mit dem Faktor Angst gemacht, ist weiteres Fliegen ausgeschlossen.

Wie gesagt, ich kann mich nicht mehr an die Begebenheit erinnern, die das Ende meiner Flugabenteuer besiegelte. Gut möglich, dass jemand sah, wie ich emporgetragen wurde, und mich durch Schreien erschreckte, oder es war etwas anderes, die Entdeckung neuer Interessen, die meine Neugier und meine Phantasie in Beschlag nahmen, so wie das Interesse am anderen Geschlecht, zum Beispiel; nun, welcher Auslöser auch immer, ich verlor diese Kraft. Und je länger ich meine Übungen hinauszögerte, desto mehr verflüchtigte sich diese Kraft. Zuerst büßte ich die Fähigkeit ein, von einem ebenen Untergrund abzuheben, und dann konnte ich mich nach einem Sprung von einem Hügel nicht mehr in der Luft halten und klebte schließlich wie jedermann am Planeten fest.

Oh, irgendwie wusste ich, es gab einen Weg zurück, ja, mir war in etwa klar, was vonnöten gewesen wäre, meine magische Kraft zurückzugewinnen, aber ich war mir auch bewusst, mittlerweile außerstande zu sein, das Erforderliche zu leisten. Schließlich beruhte die Fähigkeit darauf, jegliche Angst auszublenden und sich den Handlungen anderer schutzlos auszuliefern. Blindes Vertrauen und ausgesprochene Unbedarftheit hätten Einzug halten müssen und ich spürte, dass das nicht mehr möglich war, denn ich war in ein schreckliches Stadium eingetreten, wo dergleichen vereitelt wurde: Ich war erwachsen geworden.

Ich vermute, dass es das ist, was Jesus meint, wenn er seinen Jüngern auf geheimnisvolle Weise erklärt, sie müssten umkehren und wie die Kinder werden.

Als Kind verfügte ich über eine weitere, mir ebenfalls erst jüngst in Erinnerung gebrachte Kraft, und zwar über die Gabe, meinen Körper zu verlassen und über ihm zu schweben. Ich tat dies nur nachts, wenn alle schliefen und sie mich schwerlich in meinem Zimmer aufsuchen, mich behelligen würden, derweil ich von meinem Körper getrennt war. Ich wusste von Anfang an, dass ein solcher Zwischenfall sich als folgenschwer erweisen und ich entweder umgehend mit dem Leben bezahlen oder auf ewig von meiner leiblichen Hülle getrennt werden könnte, eine Aussicht, die mir Angst einflößte. Ich glaube, ich stellte das Verlassen meines Körpers zum gleichen Zeitpunkt ein, als ich auch das Fliegen einstellte und beides aus ein und demselben Grund. Ich muss elf gewesen sein. An der Schwelle zum zwölften Lebensjahr. Anders als Jesus im gleichen Alter fühlte ich mich nicht zum Missionieren berufen, meine hauptsächliche Betätigung in dieser Phase war durch das starke Verlangen bestimmt, meine sexuellen Bedürfnisse zu befriedigen. Ich gab mich der Selbstbefleckung hin, ständig.

Ich werde kribbelig. Kennen Sie das Gefühl? Es ist dieser Zustand, in den man gerät, wenn man bis zum Exzess Koffein in sich hineinschüttet oder wenn man wach bleibt, um für ein wichtiges Examen zu lernen und ganze Handflächen voll Aufputschmittel schluckt, oder vielleicht fühlen Sie sich so in Krisensituationen. Könnte das unter diesen Umständen ein Störfaktor sein? Nun, ich meine, für mich, in dieser Situation? Nur weil ich hier ruhig sitze und denke, alles ist wie immer, betrachtet ein

Teil meines Gehirns meine bevorstehende Hinrichtung als eine Art Notlage und lässt Adrenalin im Überfluss ausschütten?

Hier mal das, was mir gerade durch den Kopf gegangen ist. Ich bitte um Beachtung, da ich es für wichtig halte: Europäer und Amerikaner unterscheiden sich insofern, als Amerikaner in Dialogen denken; Europäer, insbesondere die Gallier, sind als Einzige zu geradlinigem Denken befähigt (die Deutschen zählen nicht – sie denken wie Maschinen, in Monologen). Fällt es Ihnen auf? Diese Überlegung hat rein gar nichts damit zu tun, worüber wir zuvor gesprochen haben. Es verhält sich wie mit dem Ehemann, der ins Krankenhaus hetzt, um seine Frau zu besuchen, die, wie er gerade erfahren hat, von einem Auto erwischt wurde. Er stürzt an ihr Bett und steht dort, noch immer im Mantel, das Gesicht rot von der Strapaze und der emotionalen Anspannung, mit pfeifenden Lungen, während die Schweißperlen auf seiner geröteten Stirn allmählich abtrocknen und er auf die stumme, bewusstlose Gestalt seiner Frau hinunterstarrt und auf ihre Verbände, die alles bedecken, alles bis auf eine Stelle, eine dunkle Öffnung, dort, wo ihr linkes Auge sein müsste, und in seinem Kopf existiert nur ein einziges Bild. Sein einziger Gedanke ist der an die Werbeanzeige, die er tags zuvor beim Blättern in der Zeitung sah und die grüne Erbsen für nur neununddreißig Cent die Dose anpries. Sein Verstand wird dieses Bild nicht los, was doppelt grotesk ist, weil der Mann Erbsen nicht ausstehen kann und sie nicht isst. Er meint, nach draußen laufen und ganz schnell eine Dose dieser Erbsen kaufen zu müssen oder es werde sich etwas Fürchterliches ereignen. Und neuer Schweiß bildet sich auf seinen

Brauen, nur ist es nicht der anständige Schweiß als Folge eines flotten Laufs zur Rettung der verunglückten Frau, sondern die salzige Feuchte der Haut eines schuldigen Mannes, der glaubt, Gott spioniere seine Gedanken aus und werde ihn zur Hölle verdammen, dafür, dass er in dieser Stunde der Not nicht an seine Frau denkt und stattdessen einer Tagträumerei von einer belanglosen Dose Hülsenfrüchte nachhängt.

Es ist, als müsse eine Wahl getroffen werden, genau in diesem Augenblick, bei der er entgegen seinem Willen die falsche Entscheidung zu treffen habe. Er ist jetzt außer sich vor Sorge und kann doch das Bild von den Erbsen nicht ausradieren. Es wird intensiver, je mehr er versucht, es zu zerstören. Jetzt meint er gar, sie zu riechen, mehr noch, er hat ihren widerlichen Geschmack auf der Zunge und Gottes heißen Atem im Nacken und er sieht hinunter auf seine Frau, der Blick starr vor Panik, denn plötzlich kann er sich nicht einmal mehr an ihren Vornamen erinnern.

Wo waren wir stehen geblieben? Ach ja, bei den Einzelheiten meines Verbrechens ...

Nach der Verkündung des Strafmaßes verbrachte man mich umgehend in diese Haftanstalt. Seitens der Behörden hieß es, man fürchte um mein Leben. Es fiel das Wort vom »Lynchen« durch meine Mitbürger. Auf dem Markt und in Joe's Tavern wurde sich mächtig darüber ereifert, dass Hängen viel zu milde für mich sei. Einige hätten die Kastration bevorzugt. Weil ich im nächsten Leben dann wohl niemanden mehr vergewaltigen könnte, wenn ich dergestalt ausgestattet dort einträte, nehme ich an. Sie sind nicht sonderlich intelligent, meine Mitbürger, und hätten sich die Behörden doch nur mit mir beraten, sie hätten erfahren, dass hochgerechnet nicht einmal ein halber Mann mit genügend Bravour zusammenkäme, der die Anregungen der Leute umsetzt, denen nur der Alkohol die Zunge löste. Allesamt Produzenten heißer Luft, ohne jegliche Substanz. Ein frischer Windstoß hätte ihnen alle Segel weggefetzt. Nur *ein* entschlossener Polizist hätte sie vor sich her getrieben wie ein blutdürstiger Hecht einen Schwarm kleiner Fische.

Die Verlegung focht mich kaum an. Fürwahr, von Anfang an gab ich dem hier den Vorzug vor dem winzigen Schuppen, den als Gefängnis zu bezeichnen, man sich in New Haven entschieden hatte. Ich habe Platz, um die Beine auszustrecken, und eine Bibliothek (spärlich bestückt zwar, aber immerhin mit dem einen oder anderen lesenswerten Buch), die man durchforsten kann. Ich habe einen Schließer, der mir die Zeit ansagt und Kaffeeplörre herbeischafft, wenn ich sie bestelle; fürwahr, verglichen mit dem, was mir in New Haven geboten wurde, führe ich hier das Leben eines Kronprinzen.

Ich war knapp eine Woche hier, als mich der Oberwärter in sein Büro bringen ließ. Der Raum war wie er. Es heißt, nach einer gewissen Zeit sähen Hunde und ihre Herren einander ähnlich. Dieser Mann und sein Büro waren diesen Weg gegangen. Es war in einem schlammigen Grün, einem Olivgrün, gehalten und überall lagen verstaubte Bücher wahllos verstreut. Nachdem ich Lars (den Gefängnisdirektor) kennengelernt hatte, begriff ich, dass sein Verstand gleichermaßen ungeordnet war. Er verfügte über einen Anflug von Intelligenz und er hatte das eine oder andere Buch gelesen, wenn auch so gut wie keines, das ich für würdig erachtete, dass man mehr als nur darin blätterte. Von ein oder zwei Autoren abgesehen. Welche? Nun, Sie wissen, dass er mein Kerkermeister ist – das sollte Hinweis genug sein, welcher Russe ihn so fesselte und welchem französischen Romancier, dessen Name mit G anfängt, er ebenfalls seine Freizeit widmete.

Er war von weicher Physis, seine Stimme schleppend, nicht klar, irgendwie belegt und sie klang wie eine Schellackplatte, die mit 33 1/3 abgespielt wird, und dazu ein Gesicht mit wenig Kontur und wenig ausgeprägten Zügen. Er erinnerte mich an den Filmstar Brian Keith. Mit seiner Art zu sprechen strapazierte er meine Geduld, so langsam und wohlbedacht, als wäre jedes Wort, das über seine Lippen kam, ein von ihm zu manövrierender Flugzeugträger. Ich verspürte den Drang, die Sätze für ihn zu beenden, und mich überkam das unangenehme Gefühl enteilender Zeit und eines Falls in eine andere Dimension. Er beschwor Empfindungen herauf, wie sie auch Alice am Beginn ihrer Reise durchs Wunderland ergriffen haben mussten.

»Truman Pinter«, so seine Einleitung, nachdem ich mich gesetzt hatte. Ich bemerkte, dass der Stuhl, auf dem ich nunmehr saß, von gleicher Farbe war wie der Schaukelstuhl meiner Mutter; desgleichen seiner, ein Detail, wogegen mein Magen rebellierte.

»Ihrer Akte entnehme ich, dass Sie in Princeton waren.« Was das mit meiner Inhaftierung und der Verurteilung zu tun hatte, erschloss sich mir nicht. Dachte er, ich sei der erste Absolvent dieser angesehenen Bildungseinrichtung, der mit dem Gesetz in Konflikt geraten war? Ich schwieg und wartete auf etwas von mehr Substanz, worauf ich antworten konnte. Seichte Konversation ist meine Sache nicht. Ich sah weder einen Nutzen darin noch einen sinnvollen Umgang mit meiner Zeit, den Papagei zu geben und eine Tatsache zu bestätigen, die ihm in unanfechtbarem Schwarz auf Weiß vorlag.

»Ich bin auch Absolvent dieser Universität.«

Sollte mich das beeindrucken? Tausende haben ihren Abschluss in Princeton gemacht, obwohl ich vermute, dass nur wenige Gefängnisdirektoren geworden sind. Ich fragte mich, was die Leute von seiner Berufswahl hielten, für die derlei relevant ist.

»Einige meiner Beamten finden das komisch.«

»Finden Sie das auch?«, fragte ich. Ich konnte das Lächeln nicht zurückhalten, das sich auf meine Lippen stahl.

»Ich finde ... « Er machte Anstalten, sich zu erheben, seine Stimme ein losbrechender Sturm. »Ich finde ... dass Sie ein Tier sind, mehr noch ... Sie sind die schlimmste Art Tier. Ein hochgebildeter Mann, der über keine Moralvorstellungen verfügt. Bekanntlich haben wir hier die unterschiedlichsten Kriminellen, doch was ihnen allen gemein ist, ist die soziale Benachteiligung welcher Form auch immer. Wenn ich jemanden wie Sie vor mir habe, der in jeglicher Hinsicht die besten Voraussetzungen hatte, stelle ich fest, dass ich einer solchen Person nur wenig Respekt entgegenbringen kann. Wenn kriminelles Verhalten auch unentschuldbar ist, so haben diese Männer zumindest so etwas wie eine Ausrede. Ich glaube, die Zeit kann gar nicht schnell genug vergehen, bevor die Welt jemanden wie Sie loswird.«

Er setzte sich wieder auf seinen Stuhl und schien die Kontrolle über sich zurückzugewinnen. Es war nicht zu übersehen, dass es ihn Mühe kostete. Ein, zwei Augenblicke verstrichen, bevor er weitersprach und währenddessen er verschiedene Papiere von den Stapeln auf seinem Schreibtisch zur Hand nahm und sie zu neuen Stapeln arrangierte.

»Allerdings bin ich von einigen Facetten Ihres Verbrechens fasziniert, gleichwohl mein Instinkt mir rät, Ihre abstoßende Gegenwart zu meiden. Ich denke, es gibt für mich noch einen anderen Grund, das zu tun, was ich tue, betrachte ich schließlich den Tod als eine zu geringe Strafe für Ihre Tat und für ein Monster, wie Sie eines sind. Bedenkt man Ihre Vorteile gegenüber anderen.«

Er hielt erneut inne, faltete die Hände auf dem Schreibtisch und lächelte mich an.

»Wozu ich mich entschlossen habe angesichts der Tatsache, dass die Aussicht zu sterben Sie nicht zu tangieren scheint, ist das Wenige, was mir zu tun bleibt, um Ihre restlichen Tage ... nun, sagen wir mal, weniger komfortabel zu gestalten.« Sein Lächeln wurde zu einem offenen Grinsen.

»Zunächst einmal habe ich Grund zu der Annahme, dass Sie selbstmordgefährdet sind. Ich werde Sie also unter ständige Beobachtung stellen lassen.«

Ich wusste, was das hieß. Einmal in der Stunde, vierundzwanzig Stunden am Tag, würde ein Wärter auftauchen und mich kontrollieren. Nachts würde er mir mit einer grellen Taschenlampe ins Gesicht leuchten. Es bedeutete das Aus für das Wenige, was ich noch an Privatsphäre besaß. Schlimmer noch, es bedeutete eine Hürde für die Fortführung meines Trainings. Des Trainings für meine Flucht.

»Ich bin nicht im Geringsten selbstmordgefährdet«, sagte ich. »Und das wissen Sie.«

»Das liest sich hier aber anders«, entgegnete er, noch

immer das dämliche Grinsen auf dem Gesicht. Er griff nach einem der Papiere, die er von einem Stapel zum anderen bewegt hatte, und hielt es hoch. »Der Bericht eines Aufsehers aus dem Trakt. Der Beamte gibt an, Sie dabei beobachtet zu haben, wie Sie während des Rasierens lange auf das Rasiermesser gestarrt hätten. Wenn das kein eindeutiger Hinweis auf eine Selbstmordabsicht ist, dann wüsste ich nicht, was sonst.«

Auf diese Weise wird es also laufen, dachte ich. Na gut, so meine Quintessenz. Ich würde ihm nicht zu der Genugtuung verhelfen, die sich bei der Erkenntnis einstellte, dass mich diese Wendung der Ereignisse beunruhigte, selbst wenn auch nur ansatzweise. Ich würde weiterhin trainieren können, wenn es sich auch etwas schwieriger gestalten sollte. Das bekam ich hin. Ich antwortete mit einem Lächeln, einem harmlosen, unbeteiligten Lächeln.

»Ein wenig Gesellschaft wäre nicht schlecht«, sagte ich schließlich. »Ich fühle mich in der Nacht oftmals einsam. Sie haben mir damit einen Gefallen getan und ich weiß das zu schätzen. Wie angenehm, wenn da nachts jemand ist, mit dem man eine rauchen und sich ein wenig unterhalten kann.«

Seine Reaktion wäre eigentlich zu erwarten gewesen. Er legte in puncto Strafe nach.

»Das sehe ich anders«, sagte er und verabschiedete sich von seinem breiten Grinsen. Für einen Augenblick. Es schlich sich wieder heran, als ihm eine Erleuchtung zu kommen schien.

»Die Raucherlaubnis ist Ihnen entzogen. Ich habe Sorge, Sie könnten sich an der Flamme des Streichholzes verbrennen oder an der Zigarette selbst.«

»Das ist alles nur in Ihrem eigenen Interesse, verstehen

Sie?«, fügte er hinzu und stand auf, um zu zeigen, dass das Gespräch beendet sei.

»Da ist so viel, wofür ich Ihnen danken muss«, sagte ich und behielt mein Lächeln bei. »Schon seit Langem will ich mit dieser üblen Gewohnheit brechen und jetzt haben Sie mir die Möglichkeit gegeben, es zu tun. Ich habe mitbekommen, dass einige Häftlinge und auch Aufseher Sie als inhumanen Menschen bezeichneten und sich gar dazu verstiegen, Sie mit unflätigen Ausdrücken zu belegen. Jetzt weiß ich, dass sie irrten. Sie sind der humanste aller Menschen. Ich wünschte nur, ich hätte bereits vor vielen Jahren Ihre Bekanntschaft gemacht. Vielleicht wäre es Ihnen möglich gewesen, mich vor mir selbst zu schützen, wie man so sagt. Ich bin Ihnen sehr verbunden wegen dieser kleinen Beschwernisse, die Sie sich in meinem Interesse auferlegen, und, glauben Sie mir, die Belohnung wird im Jenseits nicht auf sich warten lassen. Nicht, wenn es einen gerechten Gott gibt!« Ich erhob mich und streckte ihm die Hand entgegen.

»Raus!«, sagte er mit lauter, wütender Stimme. »Verlassen Sie sofort mein Büro. Aufseher!« Der Aufseher auf seinem Posten direkt vor der Tür reagierte unverzüglich. »Bringen Sie diesen Mann zurück in seine Zelle und ziehen Sie seine Zigaretten ein.«

Wir waren im Begriff zu gehen, als ich Lars, hinter mir leiser zwar, aber mit kaum verhohlenem Frohlocken in der Stimme sagen hörte: »Ach, Pinter, es tut mir sehr leid, aber ich glaube, wir haben unsere Unterredung überzogen, und inzwischen wurden die Männer bereits mit dem Abendessen versorgt. Ich bitte um Entschuldigung, dass Sie meinetwegen auf Ihre Mahlzeit verzichten müssen.«

Ich drehte mich um, als wir an der Tür waren. »Und wieder stehe ich in Ihrer Schuld, Direktor. Woher haben Sie gewusst, dass ich über mein Gewicht nachgedacht habe? Heute Morgen erst habe ich mir geschworen, täglich eine Mahlzeit auszulassen. Ich wusste nur noch nicht, welche ich streichen soll. Jetzt haben Sie mir die Entscheidung quasi abgenommen. Nochmals vielen Dank.« Ich wandte mich der Tür zu und verließ vor dem Wärter das Büro, äußerlich ruhig, doch in meinem Innern brodelte es.

Der Wärter, der mich zurück in den Todestrakt gebracht hatte, tauchte kurz nach meinem Einschluss wieder auf und reichte mir zwei pappige Brötchen durch die Gitterstäbe.

»Hier«, sagte er schroff und wich meinem Blick aus. »Niemand sollte Hunger schieben müssen, nur weil ein anderer ein Arschloch ist.«

»Ich möchte nicht«, sagte ich und legte die milde Gabe auf den Boden vor meiner Zelle. »Ich versuche, etwas Gewicht zu machen, und der Direktor war so liebenswürdig, mich bei meinem Zielvorhaben zu unterstützen.« Gut möglich, dass der Direktor den Wärter entsprechend instruiert hatte, nur um herauszufinden, ob er mich beeindruckt hatte. Nahm ich das Almosen an, wusste er, er hatte. Der Wärter zuckte mit den Achseln und hob die Brötchen auf. «Wie du meinst, Kumpel«, sagte er im Weggehen. »Würde sagen, ein Arschloch kommt selten allein.«

Tags darauf wurde ich erneut ins grüne Büro zitiert. Diesmal kam ich dahinter, was mich bei meinem vorangegangenen Besuch an der äußeren Erscheinung des Direktors irritiert, was sich mir jedoch entzogen hatte bei dem Versuch, die Quelle meiner Irritation auszumachen: Es waren seine Augenbrauen.

Augenbrauen waren schon immer Gegenstand meines Interesses. Wenn die Augen die Fenster zur Seele sind, so sind die Augenbrauen Windsäcke. Und Lars' Augenbrauen waren genau das; Windsäcke. Sie waren dergestalt, dass sie das Heraufziehen eines Hurrikans anzeigten wie auch Windstille. Bildeten sie eine gerade Linie, konnte man unbesorgt segeln. Richteten sich ihre Borsten zitternd auf, empfahl es sich, den Hafen anzusteuern. In diesem Augenblick stellten sie sich in alle Richtungen auf wie die Stacheln eines Stachelschweins, das sich einem wild gewordenen Bären gegenübersieht. Wenn ich sie richtig deutete, bahnte sich ein hässlicher und verheerender Sturm an.

Ich hatte recht. Der Sturm brach los, noch ehe ich mich gesetzt hatte.

»Ich verstehe Sie nicht!«, wetterte der Direktor und das Blut in seinen Schläfen drohte die Adern zum Platzen zu bringen. Der Wärter, der mich ins Büro gebracht hatte, zog sich zurück, verließ den Raum, seine Lippen eine schmale blutleere Linie, als wäre er es gewesen, den sein Vorgesetzter angeschrien hatte. Mit einem dezenten Klicken schloss sich die Tür hinter ihm. Der Ausbruch hatte mich innerlich zusammenfahren lassen, meine Miene aber täuschte Gleichmut vor. Ich setzte mich und schlug die Beine übereinander. Dann schnipste ich einen imaginären Fussel von meiner Anstaltsjeans.

»Was verstehen Sie nicht?«

Er setzte sich in seinen Bürostuhl, warf seinen Körper geradezu hinein, achtlos, wie einen Sack Kartoffeln, und der Schreibtisch zwischen uns wurde zu einem Festungsgraben. Ein Stapel Bücher versperrte mir zur Hälfte die Sicht auf Lars' Oberkörper. Mir fiel ein Band von Jung ins Auge. War das nun Show oder hatte er sich tatsächlich durch die Seiten gegraben? Das Fünkchen Anerkennung erlosch umgehend, als ich direkt darunter mit einem Exemplar der *Cliff's Notes* eine Arbeitshilfe zum Jung'schen Titel entdeckte.

»Ich selbst bin Absolvent von Princeton. Nun fehlt es mir an genügender Naivität anzunehmen, unter den Alumni gebe es nur ehrenwerte Charaktere, aber ich habe niemals Verständnis entwickeln können für Unzucht und Rohheit, wie sie unter den Männern üblich ist, die wir gemeinhin hier empfangen, und erst recht geht es mir ab bei jemandem wie Ihnen! Selbst wenn ich diese Handlungen verstehen müsste, so existiert doch keine Vorschrift, Verständnis für einen Mann aufzubringen, der einen langen Stock in jemanden hineintreibt und ihn dann im Körperinnern abbricht.«

Ha! Er war Freudianer, im schlimmsten Sinne des Wortes. Und sich wahrscheinlich dessen nicht einmal bewusst. Die für mein Verbrechen ausersehene Körperöffnung war für ihn, war in seinem Lebensentwurf von großem Gewicht. Und auf verschlungenen Wegen fiel meine Wahl auf seine Alma Mater zurück. Er hatte aus seinem Universum eine komplizierte Installation mit Totems gemacht und jemand hatte eins versetzt und nun liefen all seine Dominosteine Gefahr umzufallen. Er war ein Idiot. Nein, schlimmer. Er war ein Yale-Absolvent.

»Fiele es Ihnen leichter, mich zu ertragen, hätte ich die populärere Körperöffnung gewählt?«, kam ich ihm entgegen und wollte ihm – voll des Mitgefühls – die Möglichkeit eröffnen, seinen Fehler zu erkennen. »Oder wenn ich eine andere Bildungsstätte besucht hätte, vorzugsweise eine staatliche Universität irgendwo im Mittleren Westen?«

Seine Augenbrauen gerieten in Aufruhr. »Sie sind ein durch und durch böser Mensch. Abscheulich.« Er stand jetzt und stieß mit dem Zeigefinger in meine Richtung, seine Geste ein Judaskuss. »Ich habe die hier durchgeführten Hinrichtungen stets gehasst. Das ist eine, die ich nicht verpassen werde, glauben Sie mir.«

Was meine Gefühle betraf, ließ ich mir nicht das Geringste anmerken und zuckte lediglich mit den Achseln. Ich war Objekt seiner Willkür, welche Kaprice auch immer ihm noch in den Sinn kommen sollte. Mir war absolut bewusst, dass ich der Häftling war.

»Es tut mir leid«, sagte er kurz darauf, schlug die Augen nieder und Schamröte brachte Farbe in seinen Teint. Er nestelte an einigen Papieren auf seinem Schreibtisch herum, ihr Rascheln das einzige Geräusch im Raum. Er verhielt sich, als wären seine monomanischen Phrasen nie ausgesprochen worden oder irrelevant gewesen, eine Belanglosigkeit, eine kleine Entgleisung gegenüber einem Freund. Ich konnte diesem seinem Hin und Her nicht folgen, seinen Stimmungsschwankungen, diesem Pendeln von einem Pol zum anderen. Ich rückte mit meinem Stuhl einige Zentimeter vom Schreibtisch weg und wartete auf seine nächsten Worte.

»Ich entnehme Ihrer Akte, dass Sie zum Lehrer ausgebildet wurden. Im Fach Englisch. Weshalb haben Sie niemals unterrichtet?«

Wer sollte hinter die Struktur seiner Gedanken kommen? Ich gab den Versuch auf.

»Ich mochte das Unterrichten. Aber ich hasse Kinder.«

Ich ging ins Detail, schien es doch das zu sein, was er wollte.

»Ab dem fünften Lebensjahr lernen Kinder in der Annahme, sie verfügten bereits über alles Wissenswerte. Wer weiß, womöglich liegen sie damit gar nicht so falsch. Seltsam ist nur, dass jene, die meinen, das Meiste zu wissen, an einer Zapfsäule von Standard Oil landen, den Zapfhahn in der einen Hand, ihren gestickten Namenszug auf der Brusttasche und die andere Hand kratzenderweise an ihrem Gemächt, ihre Abende damit zubringen, im Fernsehen *Glücksrad* zu sehen und sich wünschen, Vanna White würde nach der Sendung bei ihnen auftauchen und sich auf dem jeweiligen Gesicht niederlassen. Erwähnt man in ihrer Gegenwart den Namen Camus, meinen sie, man habe den Namen einer kurzsichtigen Comicfigur falsch ausgesprochen, damit seine Ahnungslosigkeit unter Beweis gestellt und zugleich ihrer Auffassung, der Auffassung dieser Leute, neue Nahrung gegeben, dass es gebildeten Menschen an gesundem Menschenverstand mangele, der einzigen Form von Intelligenz, die zu haben sich ihrer aufgeklärten Meinung nach lohne. Mit dem winzigen Bereich ihres Kopfes, den sie unbekümmert als ihren Verstand bezeichnen, betrachten sie die Welt durch die bernsteinfarbenen Schattierungen eines Budweisers. Allein eine dieser Personen ist unerträglich, ein Raum mit fünfunddreißig dieser Anomalien kommt der Aufforderung gleich, wahnsinnig zu werden. Der Ehrgeiz, ein zweiter öliger Mr. Chips zu werden, hat mich nie ergriffen. Nein, danke.«

Er glotzte mich an, sah aus wie ein Ochsenfrosch mit einem Maul voller Fliegen, darunter eine, die merkwürdig schmeckte.

»Sie hassen alles und jeden, nicht wahr?«

Ich ließ meinen Blick auf ihm ruhen. Was für ein kleiner Mann. Sowohl intellektuell als auch von Statur. Er saß da in seinem olivfarbenen Dreiteiler aus Cord und mit schwarzer Krawatte, ein kleiner, zerknautschter Haufen Mensch. Selbst aus der Entfernung konnte ich die Haarbüschel ausmachen, die ihm aus den fleischigen Ohren und der Knollennase sprossen.

»Darauf haben Sie keine Antwort«, fuhr er fort. »Ich kann an Ihrem Gesicht ablesen, dass ich einen Nerv getroffen habe. Und wäre das nicht ausreichend, bliebe mir Ihre Akte, um meine Einschätzung zu bestätigen. Dort findet sich nichts, was auch nur im Ansatz auf eine Beziehung neben der zu Ihren Eltern hindeutet und die, so vermute ich, bestand auch nur aus Notwendigkeit. Ich könnte wetten, dass der einzige Geschlechtsverkehr, den Sie jemals hatten, der mit dieser Frau war, derentwegen Sie hier drinnen sind, die Sie vergewaltigt und ermordet haben.«

»Ich habe sie nicht ermordet!« Jetzt noch würde ich alles dafür geben, das nicht gesagt zu haben, auch nicht mit dieser Vehemenz, doch es war in der Welt, bevor ich nachdenken konnte.

»Ach? Ist dem so? Nun, ich schätze, wir täten gut daran, das Gericht und die Jury wieder einzuberufen, denn sie alle stimmten darin überein, dass Sie es taten. Es sieht so aus, als wäre ein schrecklicher Irrtum begangen worden, Pinter.« Wieder ließ er sein unausstehliches Grinsen aufblitzen.

»Die Vergewaltigung habe ich längst zugegeben«, sagte ich und bekam mich wieder in den Griff. »Sofern Sie das, was geschehen ist, eine Vergewaltigung nennen wollen. Aber ich habe sie nicht umgebracht. Sie hat sich selbst umgebracht.«

»Ja«, sagte er und Sarkasmus sickerte aus seiner Stimme und in seine Miene. »Ihre Argumentation ist mir durchaus bekannt. Sie glauben diesen Käse tatsächlich, nicht wahr?«

Ich stand auf. »Ich glaube es, weil es die Wahrheit ist.« Ich schob meinen Stuhl Richtung Schreibtisch, richtete mich auf und sah Lars geradewegs in die Augen. »Wenn Sie mich wegen der Vergewaltigung des Mädchens hinrichten wollen, nur zu! Es ist mir egal. Aber wenn Sie mich bestrafen, weil ich gegen Ihren Mordparagraphen verstoßen habe, dann begehen Sie einen Irrtum. Sie haben den Inhalt des Begriffes Mord, die Definition, in Ihrem Sinne verändert. Ich lasse zu, dass Sie mich töten, lasse zu, wonach Sie geradezu dürstet«, sagte ich, meinen Zorn kaum im Zaum, »aber zu meinen Konditionen, nicht zu Ihren. Wenn Sie schließlich meiner Existenz ein Ende setzen, wird das Wissen um meine Unschuld Sie alle Tage Ihres Lebens verfolgen. Ebenso meine Jury und meinen Richter.«

»Was meinen Sie mit ›zu Ihren Konditionen‹?« Er stand auf und näherte sich mir bis auf nur wenige Zentimeter. »Beabsichtigen Sie etwa, Selbstmord zu begehen?«

Ich hoffte, er würde in meinen Augen die Verachtung entdecken, die in meinem Innern loderte. »Nein, Sie Idiot, ich muss nicht Selbstmord begehen, um Ihnen eine Niederlage beizubringen. Sie glauben, der Tod werde mich besiegen, aber der Tod ist nichts, allenfalls ein kleiner Bereich zwischen dieser Welt und der nächsten. Aber ich werde für meinen Tod einen Zeitpunkt wählen, der Ihnen klarmacht, dass Sterben für mich nicht die geringste Bedeutung hat, und dann werden Sie auch wissen, dass die Gesellschaft einen Irrtum beging, als sie diese Strafe über mich verhängte. Ich möchte jetzt zurück in meine Zelle, wenn Sie gestatten.«

Er ging zu seinem Stuhl und setzte sich. »Wir haben jemand Neues für das Kommando bei Ihrer Hinrichtung, Pinter, einen Herrn, mit dem ich mich morgen treffe. Vielleicht lässt er mir in Ihrem Fall den Vortritt.« Seine Augen leuchteten und seine Augenbrauen standen stramm. »Und Sie gehen, wenn ich Sie entlasse. Setzen Sie sich, Pinter. Ich bin noch nicht fertig mit Ihnen.«

Dem kam ich nach, wohl wissend, dass jeder Widerspruch zwecklos war, aber ich ergriff die Initiative. Ich wusste, was er wollte. Meine Seele.

»Ist Ihnen bekannt, Direktor, dass dieses Land global gesehen den dritten Platz einnimmt, was den Prozentsatz der Einwohner anbelangt, die es hinter Schloss und Riegel hält? Nur Russland und Südafrika sperren mehr ihrer Mitbürger weg. Beide Regierungen wurden gestürzt. Macht es einem Mitglied des Machtapparates wie Ihnen keine Angst? Es steckt eine Warnung darin, die, wie ich weiß, Ihrer Aufmerksamkeit entgeht, Sir. Was meinen Sie? Welches Schicksal erwartet Sie als Mitglied einer herrschenden Klasse, die der Repression gegenüber der Reform den Vorzug einräumt?«

Darauf hatte er keine Antwort. Ich wartete auf eine, aber da sich nichts abzeichnete, fuhr ich fort und nutzte die Gelegenheit, ihm den Kopf zurechtzurücken.

»Sie wollen hier meine Gefühle ergründen ... trifft das zu, Mr. Super-Direktor, Mr. Princeton-Absolvent? Sie sind mit den Details vertraut, zumindest mit der gängigen, von der Presse immer wieder verbreiteten Version, haben das Protokoll meines Prozesses studiert, insofern komme ich nicht umhin anzunehmen, dass sich Ihr Interesse auf mein Gefühlsleben konzentriert. Ich bedauere die Enttäuschung, die ich bereite. Sie hätten es gern, dass ich Reue empfände? Oder gar Angst vor der herannahenden Stunde? Sie meinen, Zeuge schweißnasser Hände zu werden, eines schweren Atmens, eines glasigen Blicks, je weiter die Zeit voranschreitet? Womöglich eines Gefasels in der allerletzten Minute an die Adresse eines Gespentergottes im Himmel, eines Winselns um Gnade mit Schaum auf meinen Lippen?

»Ich sehe es in Ihren Augen. Sie, Direktor, sind wie eine Katze, die eine Maus beobachtet. Sie bilden sich ein, die Maus wisse nicht, dass Sie da sind oder worauf Sie warten, aber ich habe eine Überraschung für Sie. Diese Maus ist keine Maus, sondern ein Löwe und somit nur zu einem Gefühl fähig: Verachtung. Er schert sich nicht um Ihre Absichten. Er hat nur Hohn übrig für Ihre Absichten. Wie ein Adler beobachtet er den Beobachter in dem Bewusstsein, das Kommando zu führen. Die Libelle beobachtet die Mücke, der Fisch die Libelle, der Fischadler beobachtet den Fisch und der Adler beobachtet den Fischadler. Wo ist Ihr Platz in dieser vertikalen Kette? Ich sage Ihnen jetzt, dass ich der Adler bin und dass es niemanden gibt, der in dieser Kette einen höheren Platz einnimmt. Ich denke, es sind Ihre Hände, die feucht werden sollten. Wir werden sehen. Wir werden mit unserem Spiel fortfahren, Sie und ich, schließlich ist es das, was Sie wollen, und um ehrlich zu sein, finde ich es genauso amüsant. Ich weiß, was Sie wirklich wollen ... «

Ohne Vorwarnung riss er den Arm hoch und schlug auf den Schreibtisch. Die Härchen in seinen Nasenlöchern erzitterten wie die Blätter einer sich öffnenden Blüte. »Genug!«, schrie er.

Mit ruhiger und sicherer Stimme fuhr ich fort. »Sie sind auf der Suche nach Erkenntnis. Eine ungeheure Angst hat sich Ihrer bemächtigt, dass meine Sicht auf das Sein die richtige sein könnte und wenn dem so ist, Sie nur eine Karikatur sind, Ihr Leben eine Posse darstellt. Diese Aussicht bringt Sie gedanklich mächtig ins Schwitzen, mit Schrecken warten Sie auf den Beweis, der Sie als Bluff ausweist, hoffen, dass meine Worte oder Taten mich zu Fall bringen und als Scharlatan entlarven und nicht Sie. Sie sind zur Desillusionierung verdammt und das macht Ihre Hölle aus, das ist es, wovor Sie sich fürchten. Sie heucheln Liebe und Mitgefühl für jegliche Kreatur und behaupten, darauf fußten Ihre Absichten, ungeachtet der Erkenntnis Ihrer geheimen schwarzen Seele, dass derlei Gefühle nur Phantasiegebilde einer getriebenen Menschheit sind und nicht zu greifen, da dergleichen nicht existiert. Ich bin die Wahrheit, die einzige Wahrheit, auf die Sie sich gestürzt haben, um mit ihr aneinanderzugeraten.«

Und Sie schauen aus der Hölle und nicht in sie hinein, wenn Ihr Blick sich mit meinem verhakt.

Ich sah das Flackern eines unseligen Lichtes in seinen Augen und wusste, meine Gedanken hatten ihn erreicht. Ein Ausdruck nackten Entsetzens beherrschte seine Miene und dann schüttelte er den Kopf, kurz und heftig, als wolle er loswerden, was sich zwischen uns zugetragen hatte.

Er saß da, ein Haufen Mensch auf seinem Stuhl, den meine Eloquenz hatte verstummen lassen. Er will ein Spiel, dachte ich, und ich werde ihm eine Partie liefern, dass er sich wünschen wird, die Herausforderung niemals angenommen zu haben.

»Na bitte! Ihre Oberlippe schimmert feucht. Hahaha! Machen wir weiter. Ich habe meinen Blinker ausgeworfen und Sie haben ihn entdeckt. Ein Teil von Ihnen hat Angst, der andere ist fasziniert. Ich bin keiner von den Anglern, wie Sie sie kennen. Am Ende werden Sie Klarheit haben, was mich betrifft, aber es wird zu spät sein. Sie sind zu dämlich, um es zu erkennen. Mein Köder ist ausgeworfen und bewegt sich gegen den Strom. Ich hole ihn nicht ein. Das ist nicht mein Stil. Sie können mich hinrichten, wie gesagt, nur der Zeitpunkt, zu dem es geschieht, den lege ich fest, nicht Sie, und mehr sage ich nicht dazu. Behalten Sie unser Gespräch im Gedächtnis, Sir. Eines Tages werden Sie sich daran erinnern und verstehen.«

Das war der Ausklang unserer Unterhaltung. Ich stand auf und er sagte noch immer nichts, saß nur da und schüttelte den Kopf. Ich wurde weggebracht – abgeführt von dem Aufseher, der per Knopfdruck herbeizitiert worden war – und triumphierte innerlich, wenn auch auf andere Weise, als wäre ich in eine einseitige Konversation mit dem verrückten Hutmacher verstrickt gewesen.

Nachdem ich in meinem Prozess schuldig gesprochen worden war, brachte man mich zurück in meine Zelle, wo ich bis zur Verkündung des Strafmaßes bleiben sollte. Und wo ich am dreizehnten Tag meiner Inhaftierung von einem Mitinsassen vergewaltigt wurde.

Meinen Sie etwa, mein Peiniger sitze in einer meiner Nachbarzellen und ihn erwarte das gleiche Schicksal wie mich? Nein, tut er nicht. Gegenüber meinen Schließern in New Haven erwähnte ich, was sich abgespielt hatte, ohne Erfolg. Die allgemeine Reaktion war Gelächter, dem ein Kommentar folgte, der die Wie-man-in-den-Wald-hineinruft-Theorie bediente, was so viel bedeutete wie, ich hätte bekommen, was mir zustehe.

Die Vergewaltigung als solche war ohne Belang. Ich spürte dabei nichts und hatte nur den Wunsch, er möge es kurz machen. Ja, mir schoss der Gedanke durch den Kopf, ob es meine Männlichkeit infrage stelle, wenn ich es über mich ergehen ließe, doch ich schrieb ihn Prägungen in der Kindheit zu und verfolgte ihn nicht weiter. Der Mann, ein vierschrötiger Hinterwäldler mit fehlenden Backenzähnen, bedrohte zwar mein Leben mit einer Rasierklinge, die er, nachdem er den Griff einer Zahnbürste geschmolzen und die Klinge hineingedrückt, erfindungsreich zu einer handhabbaren Waffe umgestaltet hatte, nur erduldete ich den Akt nicht aus Todesangst. Die Verlängerung meines Daseins um ein paar Wochen oder Monate im Austausch gegen pure Unterwerfung schien ein schlechtes Geschäft, doch der Schmerz und die Tortur einer aufgeschlitzten Kehle schien ein noch schlechteres, also wählte ich das aus meiner Sicht kleinere der beiden Übel. Dessen eingedenk war es keine so schreckliche Erfahrung. Ich weiß beim besten Willen nicht, weshalb sich die Leute darüber erregen, anderen deswegen nach dem Leben trachten, sie kastrieren und am liebsten teeren und federn würden. Wie gesagt, ich erinnere mich der Ungeduld als das dominierende Gefühl – ich wünschte mir nur inständig, er möge die Sache vorantreiben.

Da war noch ein anderes Gefühl: Hass. Nicht des physischen Aktes der Vergewaltigung wegen – der hatte keinen höheren Stellenwert als das Aneinanderreiben von Ellbogen. Nein, abscheulich war, dass er mir gesellschaftlich nicht ebenbürtig war und ohne meine Einwilligung mit mir als Person einen Akt vollzog. Es hätte mich mit ähnlicher Abscheu erfüllt, wäre er auf mich zugestürzt und hätte er meine Hand in der Absicht ergriffen, sie zu schütteln. Hätte er einen höheren gesellschaftlichen Rang eingenommen, so wie ich gegenüber Miss Carlisle, die Handlung wäre eine unverfängliche gewesen, aber er war entschieden von untergeordneter Stellung und seine Tat mithin unverschämt.

Es war schmerzhaft, sicherlich, aber das ist ein Angelhaken im Daumen auch, doch vergleicht man beides, so ist Ersteres weniger unkomfortabel, und Tatsache ist und bleibt, dass die Erinnerung gleich jedem zarten Gefühl verblasst, nach der Ejakulation.

Ich habe nach Parallelen gesucht zwischen dieser Erfahrung und der als Angreifer, aber es lässt sich nicht vergleichen. Das eine betraf männlich gegen weiblich, übergeordnet gegen untergeordnet, das andere untergeordnet gegen übergeordnet, Mann gegen Mann, was dem berühmt-berüchtigten Vergleich zwischen Äpfeln und Birnen nahekommt.

Ich möchte keine Zeit mehr verschwenden, das zu erörtern. In einem Lebensentwurf ist ein Ereignis von nachrangiger Bedeutung. Wenn Sie sich darauf kaprizieren wollen, es als ausgleichende oder kosmische Gerechtigkeit zu betrachten, meinetwegen, aber mich können Sie dabei ausklammern, da ich mich einer derart schwachsinnigen Vorstellung nicht anschließen kann.

Ein solches Weltbild erinnert mich an eine Begebenheit aus meiner Zeit als Teenager. Ein Junge aus der

Nachbarschaft streifte ständig durch die Gegend und schoss mit seiner Luftpistole auf Spatzen und andere Vögel. Warnungen seitens der Frauen aus der Nachbarschaft, wonach er irgendwann jemandem ein Auge ausschießen werde, verfehlten ihre abschreckende Wirkung. Eines Tages wurde er von einem Milchwagen überfahren und zerquetscht und dieselben Frauen schnalzten mit der Zunge und sagten frömmlerisch: »Na bitte! Ich habe immer gesagt, dass es keine gutes Ende mit ihm nehmen wird.« Als hätte das eine zum anderen geführt. Als würde ihr Gott im Himmel von seinem Logenplatz auf seine Ameisenfarm hinunterblicken und sich beim Erspähen eines solchen Verhaltens die Pfeife aus dem Mund reißen und ausrufen: »Verflucht noch mal, dieser verdammte Bengel hat wieder einen meiner Spatzen abgeschossen. Ich schicke jetzt einen Milchwagen vorbei, der ihn zerquetscht!« Was ist das für ein Weltbild? Die Gottheit im Stile von Bugs Bunny? Das ist die Form von Hysterie, die sich breitmacht, wenn die Gesellschaft an die von ihr erschaffenen Götter zu glauben beginnt. Nach einer Weile schickt Gott sich an, sich die schlechtesten Eigenschaften der Menschheit zu eigen zu machen und sie zu erhabenen neuen Höhen zu führen.

Hier kommt Mr. Timex mit meinem Kaffee. Der sollte mir helfen einzuschlafen. Mein Stoffwechsel funktioniert so, dass Anregendes den gegenteiligen Effekt hat: Kaffee macht mich schläfrig.

Nun, das war doch ganz erfreulich. Ausnahmsweise hat er diesmal die elende Zeit nicht angesagt. Wahrscheinlich vergessen und wenn er sein Versäumnis bemerkt, taucht er zwecks Bekanntgabe wieder auf. Und, haben Sie seine Worte bei seinem Abgang gehört? Immer das Gleiche:

»Einen schönen Tag noch.« Fürchterlich.

Dieser Kaffee ist scheußlich. Vor meiner Zeit hier habe ich nie Zucker oder Sahne genommen, aber dieses Gebräu muss halbwegs unkenntlich gemacht werden. Was gäbe ich für einen guten Zichorienkaffee!

Letzte Woche schickte man mir einen katholischen Priester, der mit mir reden sollte. Was für ein Stoffel. Wäre ich hinreichend einfältig, mich einer Religion zuzuwenden, sei sie organisiert oder nicht, dies wäre die letzte, für die ich mich entscheiden würde. Dieses Perlendrehen und der Kokolores mit den Händen. Ich würde meinen, der Katholizismus habe seinen gehörigen Anteil an der Verbreitung der Arthrose. Ständig auf den Knien, nicht wahr? Schlecht für die Gelenke.

Sie haben mir die Befähigung zu Scherzen nicht zugetraut, stimmt's?

Die Zeit hier in meiner Zelle war eine erfrischende. Ich bevorzuge Einsamkeit und dieses Leben ist wie für mich gemacht. Man wird nur minimal abgelenkt; die Visiten durch Mr. Timex waren bis zum heutigen Tage nicht so, wie sie jetzt sind, nämlich wie Sand am Meer, die Mahlzeiten werden uns gebracht und wir der Notwendigkeit enthoben, die Gefängniskantine aufzusuchen, die man hier beharrlich als »Speisesaal« bezeichnet – ich habe immer ein Bild vor meinem geistigen Auge, das in Reihen sitzender Hunde, die ihr Hundefutter mit Queen-Anne-Tafelsilber von Metalltabletts fressen. Wie Pythagoras lehne ich Bohnen ab, demzufolge ist meine Nahrungszufuhr eingeschränkt, andererseits bin ich dank meines wunderbar leistungsfähigen Organismus ernährungstechnisch von jeher mit wenig ausgekommen und leide deshalb keinen Mangel.

Meine Lektüre entstammt der bescheidenen Auswahl hier; aktuell haben es mir die Russen angetan, insbesondere *Die Dämonen*. Zu dieser Entscheidung ermuntert hat mich zum einen meine Situation und zum anderen indirekt mein Oberaufseher. Es mag Sie befremden, aber meine Vorlieben in Hinblick auf Literatur sind vielfältig. Ohne zu zögern springe ich von Balzac zu, sagen wir mal, Goyen. Ich gebe meinem Dasein eine Ordnung, sorge für einen vielseitigen Zeitvertreib und führe daher ein strukturiertes, aber auch spannendes Leben, dem auch eine Prise Pep beigemengt ist.

Sofern das Wetter es zulässt, ist es mir erlaubt, zweimal am Tag nach draußen zu gehen, für gewöhnlich in der Begleitung von Chuck, einem der Aufseher oder, wie sie von Mithäftlingen genannt werden, »Mitläufer«. Mein Spaziergang ist immer der gleiche: raus aus der Zelle, in nördlicher Richtung den Gang entlang und an drei leeren Zellen vorbei, durch die große Doppeltür (mit Gittern davor, wie bei allen Fenstern und Türen), vorbei an einem ziemlich schmalen Austritt, der sich gegenüber einer kleinen grünen Tür befindet, durch eine weitere große Doppeltür auf eine im Freien gelegene Rampe zu, die hoch zu einem betonierten Hofganggelände führt, das ringsum von Mauern umgeben ist und vier Meter fünfzig mal sieben Meter fünfzig misst. Ich gebe hier nur eine Schätzung. Ich bin es abgeschritten und habe die jeweilige Länge errechnet, aber es scheint korrekt zu sein. Wir befinden uns hier vier Stockwerke über dem Boden und das Areal für meinen Hofgang ist zugleich das Dach des Verwaltungsgebäudes. Es gibt diese Stelle, nachdem man durch die erste Doppeltür gegangen ist und wo der Gang als eine Art Austritt etwa dreißig Zentimeter ins Freie ragt und nur durch ein Eisengeländer in Hüfthöhe gesichert wird. Bei meinem ersten Hofgang schlenderte ich hinüber und sah hinunter – es geht vier Stockwerke hinab und es ist, als blicke man in einen Fahrstuhlschacht, da die Kanten der umliegenden Gebäude einen etwa zwanzig Meter tiefen Kanal bilden. Mir blieb nur die Gelegenheit eines flüchtigen Blickes, da mich der Aufseher sofort am Arm packte und eiligst wegzog, war ich ihm zu diesem Zeitpunkt noch unbekannt und stand für ihn zu befürchten, ich wolle Selbstmord begehen. Die Aufseher sprechen ab und an über dieses Risiko und es herrscht Einigkeit, dass die Stelle zugenagelt werden sollte, aber genau wie bei den Insassen ist die Geisteshaltung der Aufseher von der Haftanstalt geprägt und solange niemand an höherer Stelle etwas Entsprechendes veranlasst, bleibt, so denke ich, alles, wie es ist.

Diese Stelle übt aus einem weiteren Grund Anziehung auf mich aus. Die grüne Tür gegenüber, die, wenn ich durch die Doppeltür gegangen bin, zu meiner Rechten liegt, weist den Weg zu den Galgen und ich darf, wann immer mir der Sinn danach steht, durch die kleine vergitterte Öffnung in den Raum dahinter schauen. Es ist ein karger Raum, grob geschätzt neun Meter mal zwölf Meter, und darin drei Galgen, deren Stricke von der Decke herab direkt über einer Plattform baumeln. Derzeit sind Sandsäcke an den Stricken angebracht. Ich habe bereits darum ersucht, dass meine Schlinge die links der mittleren sein möge. Meine Wahl ist witzig gemeint. Der Dieb, dem Jesus Vergebung gewährte, hing rechts von ihm und ich verspüre kein Bedürfnis nach Vergebung. Sollte ich den Strick dem Erschießungskommando vorziehen (ich bin noch unschlüssig hinsichtlich meiner Optionen), habe ich in Erwägung gezogen, den mittleren zu wählen, was jedoch eine Art Ansporn für Lars' Bestreben hinsichtlich einer Partie Psychoschach bedeuten würde, ergo schiebe ich die endgültige Entscheidung hinaus, obwohl ich, wenn ich schon auf diese Weise sterben muss, insgeheim den mittleren präferiere. Ich denke, dass ich im Moment mehr dem Strick zuneige als der Kugel.

Chuck, mein derzeitiger »Mitläufer«, ist ein sympathischer, wenn auch wenig gebildeter Mensch. Er hat Anstand genug, mich »Sir« zu nennen, und hin und wieder bringt er mir Leckereien vorbei, die seine Frau gebacken hat. Er weiß um meine Vorliebe für frisch gebackenes Brot und seine Frau ist eine wahre Künstlerin auf diesem Gebiet. Irgendwie gelingt es ihm, dass ich es bekomme, solange es noch warm ist, und der einzige Wermutstropfen, der einen vollkommenen Genuss vereitelt, ist die fehlende Tasse guten Zichorienkaffees.

Einmal während unseres Hofgangs rissen die Wolken auf und es ging ein heftiger Regen nieder. Chuck wurde unruhig, sind die Aufseher schließlich angewiesen, uns bei einem solchen Wetter zügigst hineinzubringen aus Angst, wir könnten uns eine Lungenentzündung einfangen und den Henker (oder die Scharfschützen) ausbremsen. Man ist hier geradezu besessen von dieser Vorstellung.

Ich bat Chuck eindringlich darum, dieses Wetter auskosten zu dürfen, und er ließ sich erweichen, auch auf die Gefahr hin, seinen Job zu verlieren, sollten seine Vorgesetzten Wind von seinem laxen Verhalten bekommen. Mich hingegen nahm das für den Mann ein und ohne sein Wissen bedachte ich ihn in einem Nachtrag zu meinem Testament mit der stattlichen Summe von einhunderttausend Dollar.

Der Nachtrag wurde meinerseits handschriftlich verfasst und liegt versteckt in meiner Zelle.

Im Nu war ich klatschnass und es war phantastisch. Die Temperatur fiel um belebende fünfzehn Grad. Obwohl Chuck seine Zusage gegeben hatte und ich mich für die gesamte Dauer des Hofgangs dem Wolkenbruch hätte aussetzen können, hatte ich Erbarmen mit ihm und erklärte mich freiwillig bereit, nach fünfzehn Minuten hineinzugehen. Die Erleichterung stand ihm so deutlich ins Gesicht geschrieben, dass ich mich eines Schmunzelns nicht erwehren konnte.

Wir gingen direkt zu den Duschen, wo ich, von Chuck beobachtet, eine ganze Weile unter dem kochend heißen Strahl stand.

Danach tat er etwas, was ihn leicht seine Stellung hätte kosten können. Er brachte mich hinunter in den Speisesaal und holte für jeden von uns eine Tasse Kaffee und Blätterteiggebäck. Der Saal war bis auf zwei oder drei Häftlinge leer, die, bekleidet mit weißen Overalls, die Zigarette im Mundwinkel, in einiger Entfernung von unserem Tisch Besen und Mopp bewegten.

»Truman«, sagte er und gab dabei löffelweise Zucker in seinen Kaffee, »warum haben Sie das gemacht? Ich meine, Sie gehören doch nicht zu den Typen, die normalerweise bei uns landen.«

Ich lächelte angesichts dieser Frage. Wie alle Blauäugigen ordnete er Menschen ein und kam jemand daher, der nicht in die Schublade passte, brachte ihn das durcheinander. »Es wurde mir angehängt«, flunkerte ich.

»Quatsch!« Er lachte. »Ich habe Ihre Akte gelesen.«

»Okay«, entgegnete ich, »was meinen Sie wohl?«

»Ich meine«, setzte er an, hielt inne und zog die Augenbrauen zu welligen Linien zusammen, »dass Sie so eine Art Genie sind, das nirgendwo seinen Platz hat. Ich würde sagen, Sie passen in Filme, die ich gesehen habe, wo der Hauptdarsteller eine Fehlbesetzung ist. Wie eine Komödie, die nicht komisch ist, weil der Held es nicht ist. Ich meine, die Sätze sind komisch, das merkt man, aber man lacht nicht drüber, weil der Darsteller sie nicht richtig spricht. Es ist, als wär er in einem anderen Film als der Rest der Truppe.«

Er hielt erneut inne, holte tief Luft und sah mich an. »Das sind Sie. Sie sind in einem anderen Film als der Rest.«

Ich weiß, dass mir mein Erstaunen anzusehen war. Ich konnte nichts dagegen tun, hatte er mich doch komplett auf dem falschen Fuß erwischt. Dieser einfache Gefängniswärter hatte ein tieferes Verständnis an den Tag gelegt, mehr Einfühlungsvermögen in die menschliche Natur gezeigt als die gesamte Summe aller mir jemals über den Weg gelaufenen Psychologen, Behavioristen und Psychiater mit ihren gerahmten Diplomen, gelesenen Fachschinken, abgehaltenen Konferenzen und ihrem affektierten Gebaren, wenn sie einen über den Rand ihrer Brille studieren und dabei ihre abgeschmackten Fragen formulieren. In seiner unkomplizierten Art hatte er das Gespinst aus Manöver und unsinnigem Geschwätz durchtrennt und die Wahrheit gesehen. In diesem Moment fühlte ich mich diesem Manne näher als irgendjemandem sonst zu irgendeinem Zeitpunkt in meinem Leben. Das war auch der Moment, als ich beschloss, ihn in meinem Testament zu berücksichtigen.

»Sagen Sie mal ... Chuck«, begann ich, nachdem ich mich ein wenig gefasst hatte, »verfügen Sie über Ehrgeiz?«

»Eigentlich nicht«, erwiderte er. »Ich meine, ich will nicht Präsident der Vereinigten Staaten werden oder ein berühmter Schauspieler oder irgendwas in der Art.« Er dachte kurz nach. »Obwohl, ich würde gern irgendwann mal dreihundert beim Bowling schaffen. Schätze, das kann man als ehrgeizig bezeichnen, oder?«

Ich räumte ein, dass dem so sei, und empfand erneut eine starke Sympathie für diesen Mann. Er war in seinen Wünschen und Bedürfnissen so bescheiden, so rein, dass ich mich an mich selbst erinnert fühlte. Verstehen Sie mich nicht falsch: Er hatte beim besten Willen nicht mein Niveau, hatte bezüglich Herkunft, Bildung und Intellekt nicht das, was ich aufzuweisen habe, andererseits strebte er auch keinen gesellschaftlichen Aufstieg an, und ich habe den Eindruck, die Welt wäre ein ungleich besserer Ort, würden mehr Chucks hier ein- und ausatmen.

Ich hätte darum gebeten, dass Chuck unter denen ist, die mich zu meiner Hinrichtung begleiten, aber wenn die Ereignisse sich so entwickeln, wie ich glaube, dass sie es tun, wird jeder Beteiligte zweifelsohne Ziel von Strafmaßnahmen werden, möglicherweise sogar seinen Job verlieren, insofern habe ich nicht um seine Anwesenheit ersucht.

Ja, ich habe einen Plan.

Um meinen Henker vorzuführen.

Und der lautet: Ich werde heute früh von hier fortfliegen.

Ich habe meine alte Fähigkeit wiedererlangt. Über Wochen schon habe ich heimlich des Nachts trainiert, wenn niemand sich blicken lässt und alle schlafen. Seit einem Monat gelingt es mir, meinen Körper zu verlassen und über ihm zu schweben, so wie es mir als Kind gegeben war, und kaum dass ich dessen wieder fähig war, nahm ich auch die Flugversuche auf. Diesmal gestaltete es sich schwieriger, zum Erfolg zu kommen, da mir der Luxus eines Hügels als Ausgangspunkt versagt ist, und so blieb ich wochenlang am Boden und bemühte mich, den Schwebezustand aus einer stehenden Position heraus zu erreichen. Schließlich dämmerte mir, dass meine Erfolglosigkeit meinen intensiven Bemühungen geschuldet war und ich zurück auf Anfang musste, was bedeutete, den Kopf freizubekommen, sich zu entspannen und die Körperzellen in schwerelose Materie umzuwandeln. Drei Tage später gelang mir der Flug. Kein richtiger Flug, nicht zu diesem Zeitpunkt, aber die Levitation. Ich hob mit einem *gewaltigen* Abstand von fünf Zentimetern vom Boden meiner Zelle ab. Aber was für ein Erfolg! Mir wurde klar, dass die anfängliche Höhe nicht von Belang war; dass ich es wieder beherrschte, zählte. Um mein Ziel zu erreichen, war lediglich mehr Training erforderlich, und das ist es, was ich spätnachts gemacht habe. Trainieren, trainieren, trainieren! Deshalb auch die nicht zu übersehenden dunklen Tränensäcke unter meinen Augen. Sie rühren nicht von der Belastung her, die meiner Lage geschuldet sei, wie meine Aufseher glauben mögen. Wann immer es mir möglich ist, schiebe ich am Tage einen Kurzschlaf ein und in der Nacht fliege ich durch meine Zelle.

Ja, so ist es. Ich kann jetzt fliegen, wenn ich will. Von einer stehenden Position aus und sogar aus einer horizontalen. Ich bin bereit.

Ich sehe in Ihrem Kopf diverse nicht in Gänze ausformulierte Fragen. Wenn das Sterben mich nicht berührt, warum dann fliehen? Aber ich werde nicht fliehen. Will meinen, nicht für immer. Ich möchte denen hier nur zeigen, dass ich es kann. Bin ich erst einmal in Freiheit, werde ich zurückfliegen und meine Rolle in ihrem armseligen kleinen Drama übernehmen. Hätte ich ein längeres Leben angestrebt, hätte ich von Anfang an gelogen und wäre allem entronnen. Man scheint hier nicht begreifen zu können, dass es mir gleichgültig ist; meine Demonstration wird es ihnen auf spektakuläre Weise verdeutlichen. Wollte ich nur entkommen, hätte ich es bereits gestern oder letzte Woche getan. Ich hatte die Befähigung und die Gelegenheit dazu.

Nachher fliege ich. Meine Hinrichtung ist für sechs Uhr dreißig angesetzt, auf die Minute genau, und um Punkt sechs Uhr achtundzwanzig werde ich in den Himmel aufsteigen. Ich sehe schon jetzt die verblüfften Gesichter vor mir.

Soeben hat mich der Wärter im Rahmen der Zweiuhrkontrolle mit dem Strahl seiner Taschenlampe wecken wollen. Ich höre ihn weggehen und dann höre ich die schwere Doppeltür am Ende der Etage sich öffnen und wieder ins Schloss fallen. Ich habe jetzt Zeit für eine weitere Trainingseinheit. Ich fühle mich stark, selbstsicher. Ich bin dem perfekten Flug so nah, dass ich das Erreichen meines Zieles förmlich fühlen kann.

Ich konzentriere mich, gleite hinein in den Teil meines Verstandes, der dieses Phänomen ermöglicht. Meine Umgebung verblasst, tritt in den Hintergrund. Ich reinige mein Bewusstsein, reguliere den Atem. Mein Körper macht sich davon und ich ...

Wir sehen jetzt durch einen Spiegel in einem dunkeln Wort; dann aber von Angesicht zu Angesicht. Jetzt erkenne ich stückweise; dann aber werde ich erkennen, gleichwie ich erkannt bin.

Der erste Brief des Paulus an die Korinther 13:12

Kapitel zwei

Die Vergangenheit

... gleite; ich fliege. Hoch, hoch über dem blaugrünen Planeten. Im Sturzflug geht's hinab, tief hinab, und siehe, da ist ein Haus. Es ist türkisfarben und hat weiße Fensterläden und einen weißen Lattenzaun. Norman Rockwell hat es hier platziert, damit ich es wahrnehme. Ich sage »wahrnehme«, weil es kein richtiger Traum ist und auch nichts, was in Echtzeit geschieht. Es ist eine Wahrnehmung.

Das Haus kommt mir bekannt vor. Ja, klar. Kein Wunder. Es ist mein Haus. Das Haus, wo ich aufgewachsen bin und mein ganzes Leben verbracht habe.

Ich nähere mich. Nicht das, was ich machen möchte. Ich möchte hier verschwinden, anderswohin fliegen – egal wohin. Hier ist es hell und sonnig und Unheil liegt in der Luft. Ich will Frieden und Dunkelheit. Es ist, als würde ich von etwas angetrieben, mich zu nähern.

Ich vermag nicht zu sagen, wie ich fliege, wie die mechanischen Abläufe sind. Ich kann weder meine Arme sehen noch meine Beine oder einen anderen Teil meines Körpers und soeben bin ich durch einen Baum hindurchgeflogen, ohne etwas dabei empfunden zu haben. Ich habe gedacht, ich könne es tun, und habe es getan. Das kann nur bedeuten, dass ich amorph bin, nur habe ich in jeglicher Hinsicht das Gefühl, in einem Körper zu stecken. Es ist befremdlich.

Ich spüre, dass ich gegen diese Macht, die mich führt, ankämpfen sollte, aber der Teil von mir, der sich widersetzt, scheint vorauszugleiten oder hinter mir her. Er gehört zu mir, aber nicht direkt, mehr so als sei eine zarte, silberne Schnur die Verbindung zwischen uns.

Jetzt bin ich im Haus. Die Dinge sind von eigenartiger

Kontinuität – die Ereignisse reihen sich aneinander, aber in Schüben. Ich blinzle und bin im nächsten Einzelbild des Films. Ja. Das ist mein Haus. Genauer gesagt, das war mein Haus. Die Gegenstände darin gehören meiner Mutter. Ich hatte sie vor langer Zeit ausrangiert und durch weniger Scheußliches ersetzt. Da steht ihre eklig braune Couch und der dazu passende Stuhl, zwei Klumpen Müll, wie durchgeweicht und zusammen mit einem abscheulichen olivgrünen Sitzsack in das Wohnzimmer gekippt. Ich hatte vergessen, wie sehr ich dieses Zimmer verabscheue. Der Teppich hat die Farbe einer auf dem Gehweg zertretenen Raupe. Es ist nicht möglich, ein genaues Bild vom fürchterlichen Anblick dieses Zimmers zu zeichnen. Es ist ein Albtraum.

Wie? Da ist meine Mutter. Das kann nicht sein. Sie ist seit vierundzwanzig Jahren tot ... aber sie ist da. Ich hatte ihre Gesichtszüge gar nicht mehr in Erinnerung, aber erkenne sie jetzt. Ihr Gesicht ist riesig.

Sie schaukelt. In diesem Schaukelstuhl, der die Farbe von Innereien hat. Wie ich mich an diesen Stuhl erinnere!

Sie hält etwas in den Armen. Gerade hat sie den Kopf hinuntergebeugt und es geküsst. Es ist ein kleines Kind! Mir wird übel. Flau, als müsste ich mich übergeben. Ein Gefühl der Angst überfällt mich. Wie kommt sie zu einem Baby? Soweit ich weiß, war ich das einzige Kind, das sie hatte. Ich werde genötigt, mich ihr noch mehr zu nähern. Kann sie mich nicht sehen? Ich bin knapp einen Meter entfernt ... jetzt dreißig Zentimeter. Wenn sie jetzt hochschaut ...

Sie schaut hoch! Sie lehnt sich im Stuhl zurück und glotzt mich geradewegs an! Was ist da los? Nicht ein Funke des Wiedererkennens in ihren trüben braunen Augen, kein Aufblitzen. Keine Veränderung in ihnen. Ich bin's, Mutter, rufe ich zaghaft, aber sie scheint ihr

Gehör verloren zu haben. Auch ihr Sehvermögen hat wohl gelitten. Ich könnte die Hand ausstrecken und sie berühren, so nah bin ich.

Meine Arme zittern. Sehen kann ich es nicht, aber spüren. Meine Kehle brennt wie Feuer und heißer, salziger Schweiß sammelt sich und strömt aus meinen Achselhöhlen und von meiner Stirn. Ich bebe und meine Zunge klebt am Gaumen. Ich bin aufgeregt und verwirrt, habe Angst.

Ich will nicht sehen, was sie mit ihren Armen umklammert, aber – grausame, unsichtbare Macht! – meine Augen werden zu diesem Windelbündel gelenkt. Für einen Moment verrutscht die Decke und ich sehe ein Gesicht.

Es ist mein Gesicht.

Ich knirsche ... mit den Zähnen ... verdrehe ... die Augen. Ich verliere das Bewusstsein ... würde es gern verlieren ... aber kann es nicht.

Mein Herz steht still; ich habe aufgehört zu atmen; ich bin von Dunkelheit umgeben; ich sehe nur meine Mutter und mich; ich bin hier und zugleich *dort*, bin Gefangener in diesem verdammten Schaukelstuhl. Ich bekomme keine Luft. Es ist die Decke; sie nimmt mir die Luft zum Atmen. Jetzt entsinne ich mich, wie sie mir die Luft zum Atmen nahm. Immer zieht Mutter mir die Decke übers Gesicht. Es ist so dunkel. Ich bin gelähmt vor Angst. Ich nässe ein und der Geruch des eigenen Urins erschreckt mich. Dann ist da der Gestank meiner eigenen Scheiße. Ich bin unsauber und schwimme in dem Zeug und über allem hängt der Geruch meiner Mutter, ihr Geruch nach Talkumpuder, Lavendel und Zwiebeln. Überall gibt sie Zwiebeln zu.

Selbst in ihrer Muttermilch hinterlassen sie Spuren.

Ich erinnere mich. Im Nu ist alles wieder da. Dafür hat der Zwiebelgeruch gesorgt. Ich kann dieses Gemüse nicht ausstehen, egal, ob roh oder gekocht, heiß oder kalt. Ihr Gestank durchzieht den Raum. Zwiebeln. Wie kann ich etwas riechen und zugleich meinen Körper weder sehen noch spüren? Ich bin ein Gespenst, nicht wahr? Ein Geist?

So also ist es, ein Geist zu sein. Der Zwiebelgestank bringt mir den Hass zurück und der Hass den Mut. Ich gleite hinüber zum braunen Sessel und setze mich. Ich setze mich mehr aus Gewohnheit denn aus einem Bedürfnis heraus; über meiner Mutter zu schweben ermüdet nicht. Nichts, was ich bisher gemacht habe, ist ermüdend. Brauchen Geister Schlaf? Probeweise versuche ich mich an einem Gähnen, aber das Ergebnis ist nicht eindeutig. Ich habe den Mund geöffnet, zumindest hat es sich so angefühlt, als hätte ich ihn geöffnet, aber die Wahrheit ist, dass ich es nicht mit Sicherheit sagen könnte. Die Empfindung, die gewöhnlich das Gähnen begleitet, hat sich nicht eingestellt. Ich denke, ich werde noch dahinterkommen. Ich werde es wissen, wenn die Müdigkeit mich ereilt. Dieser Zustand bietet Vorteile, die ich bereits jetzt erkennen kann. Ich muss mich nicht darum kümmern, wo ich mein müdes Haupt bette. Ich werde nie mehr ein Bett benötigen oder ein Drittel des Tages sinnlos verschwenden müssen.

Ein weiterer Gedanke kommt mir in den Sinn. Brauche ich noch Nahrung? Ich gehe mal eben andere elementare Dinge durch: Schmerz, Durst, Stuhlgang. Bin ich tatsächlich frei? Frei von all den unerquicklichen und lästigen Angelegenheiten, die derart viel Raum in unserem Leben einnehmen? Euphorie erfasst mich.

Aber Moment mal. Ich befinde mich jetzt außerhalb meines Körpers, doch nur ein paar Sekunden zuvor hing ich auf ihrem Schoß und habe mich eingeschissen. Eine Erinnerung. Mehr nicht, und ich hielt sie nur für real.

Mir fällt noch etwas ein. Wo sind die anderen Geister?

Es ist widersinnig, dass ich hier allein bin. Unserer müssen doch Milliarden oder Billionen sein. Aber ... mir ist keiner begegnet. Wenn mein Abenteuer auch erst begonnen hat, so hätte ich doch mittlerweile ein oder zwei sehen müssen. Es sei denn ...

Es sei denn, was? Ich habe keine Antwort. Ich schaue hinüber zu meiner Mutter, die das Bündel in ihren Armen gurrend anschmachtet. Ihr religiöses Geschwätz ist wieder präsent. Über Himmel und Hölle und Fegefeuer. Ist das hier das Fegefeuer? Wo sind die anderen? Es wäre mir gewiss nicht gestattet, auf eigene Faust umherzuspazieren, vielmehr würde man mich zusammen mit den anderen verlorenen Seelen irgendwo in einem Raum wegsperren.

Ich lache. Hier bin ich, schenke ihrem abergläubischen Gewäsch Glauben! Beinahe hätte man mich hinters Licht geführt. Es ist offensichtlich, ich bin kein freier Geist. Jemand hat mich hierhergebracht, der Macht über mich besitzt: Jemand, dessen Kräfte stärker sind als meine. Ich bin in einer anderen Welt, irgendwie, aber die Regeln sind die gleichen wie in der alten. Es existiert eine Rangordnung und ich befinde mich eindeutig auf einer unteren Stufe. Es ist wie in der alten Welt. Niemals kann man über sein Schicksal bestimmen, immer liegt es in den Händen anderer. Tja, was mich betrifft, hat man sich verkalkuliert. Es ist vollkommen unerheblich, wie sie in meinem früheren Dasein mit mir verfahren sind; hier fällt das überhaupt nicht ins Gewicht. Und wenn ich am Ende des von ihnen arrangierten Aufenthaltes diese Welt für eine weitere verlasse, so wird die vielleicht anders aussehen, die Struktur jedoch wird die gleiche bleiben.

Ich denke, sie trachten danach, mich mit dieser Erkenntnis verrückt zu machen, und lächle. Sie kennen mich nicht. Ich bin nicht wie die anderen. Mir war das bereits über die alte Welt bekannt. Ich dachte nur, die neue würde sich unterscheiden. Doch hier ist es genauso. Na und? Ich habe in der letzten Welt ein sehr gutes Leben geführt und werde auch hier ein sehr gutes Leben führen. Und in der nächsten und in der übernächsten.

Ich frage mich, wie Verbrechen in dieser Welt aussehen mögen. Vergewaltigung wird wohl nicht möglich sein, genauso wenig Diebstahl. Wenn ich es mir recht überlege, welche Vergehen sind denn überhaupt möglich ohne einen Körper, so wie ich ihn bisher begriffen habe? Das Beobachten meiner Vergangenheit? Der Hass auf meine Mutter? Vielleicht gibt es in diesem Dasein so etwas wie Sünde oder Verbrechen überhaupt nicht. Und dann frage ich mich, was wohl der Schlüssel sein mag, der die Tür aufschließt, durch die man in die nächste Existenzform geschickt wird. Ich kann nicht glauben, dass dies das Ende ist, dass alle, die sterben, dazu verdammt sind, in alle Ewigkeit umherzuwandern, als Voyeure über Zeitspannen und geographische Entfernungen von hier nach da zu hüpfen. Selbst wenn das am Anfang stünde, in dem Augenblick, wo es mehr als einen gibt, werden Menschen damit beginnen zu schachern, Ränke zu schmieden, zu planen, zu mauscheln, ihren Vorteil zu nutzen, ihre Wirklichkeit zu erschaffen. Ich kann nicht der Erste in dieser Hemisphäre sein und ich kann nicht ihr einziger Bewohner sein.

Ich stelle mir gerade etwas vor: Das Weltall, das Universum, ist alles. Es ist alles und selbst mit dem Begriff »Universum« können wir es nicht beschreiben, da er wie jeder andere Begriff zwangsläufig eine Einschränkung bedeutet. Es ist undefinierbar. Es ist eine Zelle, die mit anderen die Kralle eines Hundes bildet; der Hund stirbt und die Zelle liegt gemeinsam mit all ihren Zellkameraden aus der Kralle auf dem Boden, bis ein schimmernder schwarzer Käfer vorbeikrabbelt und sie frisst. Sie landet im Verdauungskanal des Käfers, wo sie von Enzymen, Säuren und Säften des Käfers umgewandelt und zum Beispiel den Fühlern des Käfers zugeführt wird, und dann krabbelt der Käfer in ein Stück Holz, das der Sohn des Farmers findet und mit nach Hause nimmt, um es ins Feuer zu werfen, und der Käfer verbrennt, geht in Rauch auf, wird als Rußpartikel durch den Schornstein hinaus in die Nachtluft geweht und landet schließlich auf dem Acker des Nachbarn, um im Frühjahr untergepflügt und Teil des Bodens zu werden, aufgenommen vom Stängel einer jungen Maispflanze und so weiter und so weiter.

Das ist nur *eine* winzige Zelle. Denn viele Zellen ballen sich zu größeren Dingen zusammen, zu Menschen und Bäumen und Lokomotiven und Planeten und Noven und Konstellationen und Galaxien und Universen und so weiter bis zu dem größten Ding, das wir uns vorstellen können, und das Größte, was wir uns vorstellen können, ist schlicht nur eine Zelle, die Teil von etwas noch viel Größerem ist und so weiter und so weiter.

Und wir sind genau wie die einzelne Zelle. Wer kann von ihnen behaupten, dass jede dieser Zellen nicht denke, keine Vorstellungskraft habe, keine Welt erschaffe wie wir, keine Ordnung, nicht mit anderen Zellen kommuniziere, die Welt, in der sie sich momentan befindet, nicht als Zentrum des Universums betrachte, keine Gesetze formuliere, physikalische wie staatliche, um ihrem Dasein eine Richtschur zu geben. Sieht sie andere Zellen sterben und erlebt sie deren Verschwinden oder Gestaltwechsel, stellt sie die These auf, sie sei unsterblich und gehe im Tode in eine Art Nirwana ein, in das gleiche Nirwana von dem sie glaubt, dass ihre toten Artgenossen dorthin verschwunden seien. Und was, wenn das für immer so weitergeht, auf allen Ebenen, von der kleinsten Zelle bis zur größten, die wir als Weltall kennen, und es an keinem der beiden Enden eine Grenze gibt? Es kann keine Grenze geben. Es ist ein Teleskop. Schauen wir durch ein Teleskop, wird die Welt größer; bereisten wir das, was wir als Weltraum betrachten, würde diese Welt, die wir dann wahrnehmen, kontinuierlich größer und endlos.

Umgekehrt verhält es sich genauso. Am kleinen Ende des Teleskops. Vor hundert Jahren hielten wir die Zelle für die kleinste Einheit der Schöpfung. Dann wurde die Existenz der Atome »nachgewiesen« und wir hatten eine kleinere Einheit. Morgen werden wir etwas hervorbringen, was wir als »Patongs« bezeichnen und was die Bausteine der Atome sein werden, und tags darauf wird ein Deutscher namens Luther auf etwas stoßen, was er selbstsüchtig »Luteriten« nennen und was den Baustein des Patongs bezeichnen wird und so weiter und so weiter. Erinnern Sie sich an das Paradoxon von Achill und der Schildkröte? Dass Achill die Schildkröte niemals würde überholen können, da er zuerst den ihr gewährten Vorsprung einholen muss. Es ist etwas Unmögliches – ein Ziel, das niemals erreicht werden kann. Unendlichkeit.

Das Gleiche trifft auf das Universum zu. Wenn am großen Ende des Teleskops Unendlichkeit ist, dann muss auch am kleinen Ende Unendlichkeit sein. Solange beide laufen, wird Achill die Schildkröte nie einholen. Ihm bleibt nur, für immer zu laufen, eine weitere Vorstellung, die den Begriff von der Unendlichkeit komplettiert, ihn in seiner Unvollständigkeit komplettiert. Es kann niemals ein Ende geben und deshalb kann es auch niemals einen Anfang geben. Es ist eine Schleife, die sich in einem Kreis auflöst. Innerhalb eines Kreises. Mit einer unendlichen Anzahl von Kreisen. Und da es für Unendlichkeit per definitionem keine Definition gibt, gibt es in Wirklichkeit auch keine Kreise.

Das alles habe ich mir vor Jahren überlegt, in meiner ersten Welt oder zumindest in der einzigen Welt, an die ich mich erinnern kann. Was wir sind, was alles ist, ist ein sich veränderndes, waberndes, mutierendes, in Bewegung befindliches, rasendes, die Gestalt wechselndes, sich entfaltendes, schrumpfendes, sich ausdehnendes, verharrendes, fließendes, berstendes, sich erhitzendes, hervorströmendes, gefrierendes, lebendiges und sterbendes Teil von etwas, was nichts ist. Wir haben Gefühle – elektrische Impulse; wir haben Erinnerungen – einen selbst gezimmerten Schutz gegen das Eingeständnis der Sinnlosigkeit unserer Existenz; wir haben eine Gesellschaft samt ihren Sitten – zumindest ... Hier gerate ich in Schwierigkeiten. Ich komme nicht dahinter, weshalb wir auch nur eine davon haben, es sei denn, es gäbe tatsächlich einen Gott, der uns mit derlei ausstattet, damit wir uns auf eine Weise verhalten können, die irgendeinem Zweck dient; einen Gott, der sich ein gesellschaftliches Regelwerk ausgedacht hat, das nichts anderes ist als eine Subkategorie physikalischer Gesetze. Hier schließt sich mein perfekter Kreis, gleichwohl ich nicht an einen solchen Gott glaube. Nichts von alledem ergibt einen Sinn. Es ergibt keinen Sinn, dass ich existiere. Es ergibt keinen Sinn, dass Sie existieren. Es ergibt keinen Sinn, dass Schnee auf einer Bergspitze liegt anstatt in der Wüste. Nichts ergibt einen Sinn. Nichts ergibt einen Sinn, weil Sinn exakt das ist, wobei sich der Schöpfer aus Spaß gezügelt hat. Das Dasein bietet keinen Platz für Sinn, und so mühen und quälen wir uns vergeblich bei dem Versuch, uns etwas auszudenken, was man sich nicht ausdenken kann. Und wenn der Schöpfer vollkommen ist, wie konnte Er dann etwas Unvollkommenes erschaffen, ohne die selbst geschaffene Vorstellung von sich zu zerstören? Folglich gibt es keinen Schöpfer. Alles ist nur Teil einer zähflüssigen Masse, die zufällig da ist, Dinge tut und ihre Form verändert.

Aber wir besitzen das, was wir Verstand nennen, und

können deshalb unsere Außenwelt nicht mit bloßem Auge betrachten, sondern müssen unsere Umgebung umhüllen, das Fassbare wie das Flüchtige. Und hier nun liegt der Unterschied zwischen Ihnen und mir: Ich will Ihre Vorstellungen nicht teilen. Ich sehe den Tod nicht wie Sie. Ich will die Gesellschaft nicht sehen wie Sie. Ich bin nicht gewillt, auf Reize zu reagieren wie Sie, da ich für meine Vorstellungen einen anderen Stoff bevorzuge.

Jetzt bin ich hier und verfüge weder über den mir vertrauten Körper noch über die mir vertraute Umgebung. Also folgt mein Handeln der Logik: Ich werde abwarten, was mit mir passiert, und wenn nichts mit mir passiert, werde ich aufhören zu sein, oder ich werde womöglich wieder eine andere Gestalt annehmen, diesmal eine, die keine Erinnerung daran hat, was ich gewesen bin oder erlebt habe, und der gesamte Ablauf beginnt von Neuem. Vielleicht bin ich ein Atom und soll gespalten werden; vielleicht regenerieren wir uns immer und immer wieder auf diese Weise, äonenlang, und erinnern uns nur an ein oder zwei Leben. Vielleicht bin ich nur ein reiner Gedanke und produziere eine Vorstellung. Vielleicht ist Gott ein Gedanke, ein riesiges Nichts, das größer ist als jedes nur denkbare Universum und kleiner als jedes nur denkbare Atom, und ich bin ein flüchtiger elektrischer Impuls in diesem Gedanken und mache, was andere Impulse machen – eine Welt erschaffen.

Ich bin Gott.

Ach.

Ich bin am Ufer eines Flusses. Ich habe einen Trick entdeckt. Ich brauche nur die Augen zu schließen und mir etwas vorzustellen und bin dort. Ich sitze da und halte eine Angel in der Hand. Am Ende der Angelschnur hängt ein Blinker. Wir sind verbunden und doch getrennt. Ich bin inaktiv. Eine Brise weht und die sengende Sonne macht die Blätter der alten Eiche gröber und blutleerer. Der Blinker widersetzt sich der Strömung, versucht, der Angelschnur zu entkommen, die ihn hält. Ich stelle mir einen großen Karpfen vor, der ihn fixiert, sein kräftiger Schwanz bugsiert ihn gegen eben diese Strömung in die richtige Position. Er will nach dem Köder schnappen, scheut aber davor zurück. Ich bin dieser Karpfen.

Und dann.

Da ist wieder meine Mutter, und diesmal ist das Baby in ihrem Arm kein Baby, sondern ein kleiner Junge. Er sieht aus wie fünf oder sechs und sie hält seinen Kopf mit festem Griff, nötigt den Jungen, an ihrer Brust zu saugen. Immer wieder dreht er den Kopf weg, aber mit ihrer übermächtigen Kraft bringt sie ihn zurück in die Position, zwängt ihre Brustwarze zwischen die zusammengepressten Lippen. Ich frage mich, weshalb er ihre Brustwarze nicht mit seinen festen weißen Zähnen abbeißt, aber offenbar kommt er gar nicht auf diese Idee. Ich glaube, er wird so lange nicht daran denken, bis es zu spät ist, bis er am Ende seines Teenageralters an ihrem offenen Grab steht und dem nachtrauert.

Jetzt weiß ich, wo ich bin. Ich bin mitten beim Training. Ich bin in einer Zelle im Todestrakt und es bleiben mir weniger als vier Stunden bis zu meiner Hinrichtung. Ich kann mich jetzt entscheiden, weiterzumachen oder das Training abzubrechen. Mir ist völlig klar, wie zuwider es mir wäre, jetzt aufzuhören. Vielleicht sind solche Trainingseinheiten eine vollkommenere Wirklichkeit; wenn man die Kontrolle darüber hat, sind sie, denke ich, besser. Ich beschließe fortzufahren.

Ich will meinen Vater sehen. Meine Erinnerung an ihn ist nicht sonderlich gut und seitdem er tot ist, habe ich nicht mehr an ihn gedacht, aber mit dem Besitz der Fähigkeit zu gehen, wohin ich will, und zu sehen, was ich will, kommt sein Gesicht zurück in mein Bewusstsein. Ich streiche alle meine Gedanken und bewege mich dorthin, wohin mein Traum mich führen wird.

Es funktioniert. Da ist mein Vater. Ich möchte diese neue Fähigkeit testen. Ich denke an den Nachbarjungen mit seiner Luftpistole. Ich bringe ihn dazu, mit seiner Waffe zu zielen und peng! weg ist ihr Auge. Das ist vorzüglich. Eine weitere Fähigkeit.

Ich bin zurück bei meinem Vater. Ich kann überallhin, kann alles machen. Ich bin vom Planeten Krypton.

Er sitzt an einer Art Tresen. Das Licht ist gedämpft, aber es sieht so aus, als seien da noch andere, hinter ihm und zu beiden Seiten. Tische – da sitzen Leute an Tischen und in Nischen. An diesem Tresen sitzen sogar noch mehr Leute. Sie sehen merkwürdig aus, irgendwie seltsam. Was hat es mit ihnen auf sich, mit ihren Mienen? Verdruss, genau – sie machen alle einen verdrossenen Eindruck. Da, einer hat gelacht und verzieht dabei doch nur die Lippen.

Es ist eine Bar. Sieht aus wie Joe's Tavern. Es ist Joe's Tavern, nur die Bedienungen sind andere. Es handelt sich nicht um Beth und Jo, aber sie sehen fast so aus. Das machen die Titten. Joe heuert bevorzugt Kellnerinnen mit viel blondem Haar und großen Brüsten an.

Mein Vater steht auf. Er spricht mit einem Mann, der gekommen und ihm auf die Pelle gerückt ist. Die Worte verstehe ich nicht, aber beide sind offenkundig wütend. Mein Vater macht einen Schritt zurück und holt mit der Faust aus, der Schlag bringt den Mann ins Taumeln, er fällt nach hinten und schlägt mit dem Kopf gegen einen Tisch. Er geht zu Boden und Blut schießt aus Mund und Ohren. Ein paar Männer packen meinen Vater und er stößt sie beiseite. Er schäumt vor Wut. Er stellt sich wieder an den Tresen, leert sein Glas in einem langen Zug und bedeutet Joe, aus der Whiskeyflasche nachzuschenken. Ich sehe die Flasche. Es ist Jack Daniel's. Er leert auch dieses Glas im Nu, knallt es auf das polierte Holz der Bar, langt in seine Hosentasche und fördert ein paar Scheine zutage, die er auf den Tresen schmeißt. Der andere Mann liegt noch immer am Boden, wo einige Männer sich um ihn kümmern. Als mein Vater sich umdreht und mit langen Schritten Richtung Tür marschiert, würdigt er den Mann keines Blickes. Die anderen blicken hoch zu meinem Vater und sehen dabei aus wie Hunde, deren Besitzer grausam ist und den sie gern beißen würden, wäre da nicht die Furcht vor ihm. Das Weiße in ihren Augen leuchtet. Mein Vater geht hinaus, schlägt die Tür hinter sich zu und ist verschwunden.

Voller Neugier folge ich ihm, ignoriere die Tür und bewege mich durch die Wand hindurch. Er ist mir in der Dämmerung draußen entwischt. Nein – da ist er, besteigt gerade ein Fahrrad und fährt mit dem nach rechts und links schlackernden Vorderreifen los. Ich gleite direkt hinter ihm her. Mir wird klar, dass er über die Abkürzung nach Hause fährt. Diesen Weg habe ich viele Male genutzt. Alles sieht vertraut aus.

Vorn auf seinem Pfad befinden sich drei weitere Leute. Ich bin nüchtern und sehe sie deshalb früher als mein Vater. Er fährt zwischen ihnen hindurch, sie springen zur Seite, jemand stürzt zu Boden. Es ist ein Mädchen. Die anderen sind Männer. Mein Vater hält an. Offenbar kennt er die drei und sie kennen ihn. Alle scheinen betrunken zu sein. Sie unterhalten sich. Ich bin zu weit weg, um die Worte verstehen zu können, aber man lacht, gestikuliert, klopft einander auf den Rücken. Das Mädchen küsst alle drei Männer. Gemeinsam gehen sie weiter, hinein in den Wald in der Nähe des Gasthauses, lassen das Fahrrad meines Vaters dort liegen, wo er es hingelegt hat. Das Mädchen kommt mir bekannt vor.

Es ist Greta Carlisle! Nein, das kann nicht sein. Es

muss sich um eine Verwandte handeln, um ihre Mutter vielleicht. Die Ähnlichkeit ist frappant. Ich folge ihnen, mit pochendem Herzen. Ich könnte mich jetzt auf keinen Fall entfernen. Sie bleiben genau vor mir stehen. Niemand kann mich sehen, aber irgendetwas bewegt mich dazu, mich hinter einer großen Eiche zu verbergen.

Das Mädchen zieht ihre Sachen aus. Nackt, wie sie ist, legt sie sich hin und einer der Männer macht sich daran, seine Hose zu öffnen. Sie werden sie ficken. Ich fliege geradewegs nach oben, durch die trockenen Zweige des Baumes, unter dem ich gestanden habe, auf die Sterne zu. Ich gleite hierhin, dann dorthin. Habe den Mann im Blick, der seine Hose öffnet. Es ist mein Vater. Ich sehe, dass er seinen Penis herausholt, ihn in die Hand nimmt wie eine Waffe. Er ist so riesig, einfach gewaltig! Mich schwindelt. Ich fühle mich einer Ohnmacht nahe, bin verstört. Ich fliege hierhin, dorthin, gleite über den Wald und sehe doch nur immer diesen angeschwollenen Penis. Wo ich bin, da ist auch er, zuerst vor mir, dann hinter mir, er jagt mir nach, verfolgt mich wie ein wärmesuchendes Geschoss. Ich kann ihn nicht ausmanövrieren; ich kann ihm nicht entkommen. Er treibt mich vor sich her, sein blindes rotes Auge blendet mich, er pulst, pocht, bleibt mir auf der Spur, wohin ich mich auch wende. Er ist überall. Ich will eine Axt, ein Schwert, um ihn zu vernichten, und dann habe ich ein Schwert in der Hand, ein großes, schweres Ritterschwert! Ich brauchte es mir nur vorzustellen! Ich lege los, lasse es schwingen und halte inne, unfähig zur Ausführung. Das Schwert macht sich selbstständig; es hat sich festgelegt. Ich mühe mich ab, biete meine gesamte Kraft auf, aber der Bogen wird bereits beschrieben und ich bin hilflos. Das Schwert kontrolliert mich. Bedächtig, träge, unvermeidlich – meine Arme führen die furchtbare Klinge in ihrem Bogen und all mein Tun kann sie nicht aufhalten. Die Schneide trifft auf den Penis und arbeitet sich durch das Organ, bedächtig, träge, unvermeidlich. Blut spritzt und das weiche rote Fleisch teilt sich unter dem scharfen Stahl. Ich kann es nicht zum Stillstand bringen. Ich schreie. Ich schreie und schreie und schreie.

Ich schließe die Augen und bemühe mich, das Bewusstsein zu verlieren, doch das ist aussichtslos, und dann höre ich einen Schrei, der nicht von mir ausgestoßen wird, und ich reiße die Augen auf. Es ist meine Mutter, die schreit, und sie hält mich im Arm und meine Lippen umschließen ihre Brustwarze und ich habe den metallischen Geschmack von Blut im Mund. Ich habe ihr mit meinen kleinen weißen Zähnen fast den Nippel abgebissen. Ich bin sechs Jahre alt und mein Körper ist nicht mehr schwach. Ich weiß nicht, woher ich weiß, dass ich sechs bin, aber ich weiß es. Ich weiß auch, das hier ist das letzte Mal, dass meine Mutter mir die Brust gibt oder mich in diesem Stuhl hin und her wiegt. Ich bin frei. Sie schreit erneut auf und jetzt schafft sie es, mich von ihrer verletzten Brust zu lösen. Das Blut läuft und ich lächle und gurre leise.

Törichte Frau! Wären unsere Rollen vertauscht gewesen, ich hätte sie in den Kamin geworfen. Selbst noch unter Schmerzen gibt sie Obacht, mich nicht fallen zu lassen. Stattdessen eilt sie mit mir ins Schlafzimmer und legt mich in mein Gitterbett. Ja, ich habe noch immer ein Bett mit Gittern an den Seiten und dabei bin ich das erste Jahr in der Grundschule. Sechs Jahre lang habe ich Nacht für Nacht auf Gitterstäbe gestarrt. Ich hasse es. Es wird die letzte Nacht sein, die ich in diesem Bett verbringe. Auch das weiß ich, aber ich vermag nicht zu sagen, warum ich es weiß.

Meine Mutter hastet in das andere Zimmer und umfasst ihre verletzte Brust mit beiden Händen, als wäre sie ein vom Himmel gefallener Vogel. Das Blut rinnt ihr durch und über die Finger, und ich summe fröhlich vor mich hin. Ich kann sprechen, sogar lesen, aber ich gurre, als wäre ich sechs Monate alt und nicht sechs Jahre. Ich bin so zufrieden. Hätte ich einen Schwanz, ich würde damit wedeln.

Kaum dass sie aus dem Zimmer ist, klettere ich aus meinem Bett. Ich bin geübt darin, habe ich es doch bereits Hunderte Male zuvor gemacht. Ich gehe ins Wohnzimmer und kann meine Mutter nirgendwo entdecken.

Die Eingangstür geht auf und mein Vater erscheint auf der Schwelle, nach Schnaps stinkend und die Kleidung in Unordnung. Ich kann ihn riechen, dort, wo ich stehe, neben der Couch. In seiner Trunkenheit sieht er mich nicht. Er brüllt den Namen meiner Mutter und sie antwortet. Sie ist im Badezimmer. Er wankt dorthin und sie sprechen miteinander, mit gedämpften Stimmen.

Ich schlottere. Ich lasse mich hinter der Couch auf dem Boden nieder, auf Händen und Knien.

Ich habe das Gefühl, größer zu sein. Mein Körper ist jetzt größer und ich trage andere Sachen. Wie es dazu gekommen ist, weiß ich nicht. Es ist passiert. Ich bin neun Jahre alt.

Mein Vater kommt aus dem Badezimmer. Er schreit und im Hintergrund höre ich meine Mutter schluchzen. Er verlangt, ich solle mich zeigen, mit einer Stimme, die in meinem Kopf scheppert wie tausend Löffel auf tausend Blechtellern. Ich zittere, als wäre ich zweihundert Jahre alt, und verberge mein Gesicht hinter meinen schweißnassen Händen. Er findet mich, sein Fuß findet mich und er fängt an, Fußball zu spielen.

Mach nicht weiter mit diesem Erlebnis, sagt mein Verstand, aber ich kann nur auf meine Schreie hören und auf die meiner Mutter. Die einzigen Geräusche, die von meinem Vater herrühren, während er sein Werk vollbringt, sind das beständige Japsen nach Luft und der dumpfe Laut seines Arbeitsstiefels, wenn er gegen meine Rippen donnert, ein jedes die Betonung des anderen.

Ich will nicht länger spielen – ich schluchze und mein Gesicht ist mit Rotz verschmiert, mit Rotz, Blut und Angstschweiß, und er tritt immer wieder zu mit seinem Stiefel. Es bricht mir das Herz: Das ist mein Vater, den ich anhimmle, mein Daddy, und er tut mir weh und ich flehe ihn an aufzuhören, mit dünner, tränenerstickter Stimme, mit einem schwachen pfeifenden Wimmern, und doch macht er weiter und tritt und tritt und tritt, und ich fange an zu schreien, denn er bringt mich um, und es ist ein langer schriller Ton, der sich irgendwo, keine Ahnung, wo genau, aufbaut; er kommt nicht von mir, aber er baut sich auf an einer Stelle, von der ich nichts weiß, und mein Schrei reißt nicht ab, ist in Ewigkeit erstarrt, und auf seinem Gipfel macht es klick! und der Schmerz ist verschwunden, dabei hat er nicht aufgehört zu treten; nein, die Empfindung ist nicht verschwunden, sie ist noch da, aber sie fühlt sich gut an, wird von mir geradezu begrüßt und ich spüre, wie sich mein Mund zu einem breiten, breiten, *breiten* Grinsen verzieht, und jeder Tritt seines Fußes fühlt sich besser an und köstlicher und ist wohltuend und ich bin jetzt ein Mann und ich muss meinen Vater küssen, aber er ist nirgendwo, er ist weg und ich bin in einer Zelle im Todestrakt, bin wach und stehe in Flammen mit meinem zu Eis erstarrten Blut, bin schweißnass und zittere und habe Schaum sowohl auf den Lippen als auch am Kinn.

Ich stehe vor einer Entscheidung. Ich kann aus meinem Erlebnis auftauchen, hinein in die Sicherheit meiner Zelle, oder ich gehe zurück und schaue, was da sonst noch ist.

Ich falle. Ich lasse los. Ich bin an einem Punkt, wo ich

noch innehalten kann, ich weiß es, aber die stärkste Kraft in mir ist die Neugier und deshalb werde ich dieses Erleben fortsetzen. Bald wird mir nicht mehr bewusst sein, dass ich träume; für mich wird alles real sein und genauso wie im Wachzustand.

In diesem Stadium, zur Hälfte in meinem Traum/Erlebnis und zur Hälfte außerhalb, vermag ich nicht zu sagen, welche die wirkliche Welt ist. Ich denke, beide sind Realität und dass darüber hinaus sogar noch weitere Formen von Realität existieren. Zeit ist eine Schleife aus Draht, endlos und stets dieselbe; unsere Vergangenheit, Gegenwart und Zukunft befinden sich auf ein und demselben Draht, genau wie die Dimensionen und Sinne, deren wir uns bewusst sind, zusammen mit denen, die uns unbekannt sind. Ich sorge dafür, dass mein Kopf frei wird von Dingen und Unrat; ich stelle mir das Ganze als Abfall vor, der wie in einem Raumschiff schwerelos umherschwebt. Ich öffne eine Luke und schon ist alles verschwunden. In der Kabine, die mein Verstand ist, herrscht jetzt Leere und frischer Wind; nichts bleibt zurück, und dann bin ich draußen, bin nicht länger im Raumschiff meines Verstandes oder in einem wie auch immer gearteten Container, nur ist jetzt eine Wolke um mich herum, bar jeder Form, weiß und trocken wie durch Trockeneis erzeugte Nebeleffekte, und dann die Eingebung. Ich weiß mittlerweile, dass es mir gegeben ist, mich an jeden Ort meiner Wahl zu bewegen, doch das hier ist ein Bereich meines Verstandes, der mir nicht vertraut ist; das hier ist die Unterwelt meines Verstandes, das Unbewusste, das immer ein Teil von mir war, nur dass ich mir dessen nie bewusst gewesen bin. Ähnlich einem bösartigen Tumor gehört es zu mir, kennt mich in- und auswendig, beherrscht mich, so denke ich, doch in meiner Ichbezogenheit bilde ich mir ein, Kontrolle darüber zu haben, gleichwohl wissend, wie lächerlich das ist. Ich werde mir weiterhin etwas vormachen.

Am anderen Ende wartet nämlich der Wahnsinn, fürchte ich.

Ach, da ist etwas. Wir nähern uns ihm, mein Unbewusstes und ich, nähern uns ihm wie ein großes graues, lautlos am Himmel schwebendes Raumschiff.

Es ist ein Planet. Unser Planet, glaube ich. Nichts deutet darauf hin, es ist lediglich ein Gefühl, das ich habe. Auf dem Planeten herrscht Chaos. Ozeane brodeln, Gebirge spucken schwarze Wolken und rotes flüssiges Feuer, das Himmelszelt reißt auf, Dampf entweicht und geschmolzenes Gestein suppt hervor wie die Symptome einer Diarrhö, der Himmel ist mitternachtsblau mit nichts als dem Licht der Sterne, das den großen Leerraum punktiert und den stürmischen Abläufen dort unten Kontur verleiht. Es handelt sich um Geburt oder Tod, doch um welches von beiden vermag ich nicht festzustellen.

Ich sehe noch etwas. Ich habe mich dem Boden genähert – um mich herum sind Leute, die, wie es scheint, um ihr Leben rennen, und plötzlich wird irgendwie umgeschaltet, als wäre ein Stück eines anderen Films an den geklebt worden, in dem wir mitspielen, und ich finde mich auf dem Boden wieder, lebendig, und renne wie die anderen. Ich habe Empfindungen, ich empfinde alles. Einen körperlichen Schmerz, Hitze. Ich habe mich verbrannt, ein Funkenregen geht auf meinen Kopf nieder, mein Haar ist versengt und ich rieche es. Dinge, harte Dinge, fallen mir auf Kopf und Rücken und verletzen mich. Ich blute, habe Angst, weiß aber nicht, wovor. Mitleid erfasst mich, nur nicht für mich, jemand anderes tut mir leid. Dieses schmerzliche Gefühl gilt meinen Kindern, aber das ist verrückt, da ich keine Kinder habe, und doch drehe ich durch, weil ich sie finden will, und ich wage nicht daran zu denken, dass sie tot sein könnten, und all das habe ich im Hinterkopf, während ich mich fieberhaft bemühe, mit den anderen Dämonen Schritt zu halten, deren Gesichter ich zwar spüren, aber nicht sehen kann.

Über mir fliegen Objekte, nur was sie darstellen, weiß ich nicht, aber sie verfügen über Lichter, Scheinwerfer, Suchscheinwerfer, und dann erkenne ich die Objekte als Hubschrauber und sie versuchen, mich zu töten und auch alle anderen, die mit mir laufen. Wir rennen kreuz und quer wie Ratten auf einer Müllkippe, und ich rieche Napalm und Schwefel, und der beißende Geruch von Schwarzpulver brennt in meiner Nase und meine Kehle ist völlig ausgetrocknet von der Hitze. Du hast keine Angst, sage ich mir, doch mein Körper schenkt mir keinen Glauben und rennt mit den anderen. Ich halte Ausschau nach der Frau, die ich liebe; ich kann nur daran denken, sie zu finden, sie zu beschützen und vor dieser Zerstörung zu retten, und ich schaue hierhin, schaue dorthin, während ich renne, halte Ausschau nach ihr, nach meiner Mutter und nach meinem Vater und nach meinen Kindern, aber nirgendwo in meiner Nähe ist jemand Vertrautes, es sind alles nur Fremde, alle mit dieser Angst, die tief eingeätzt ist in ihren aus den Höhlen tretenden Augen, und mit den schwärzlichen Striemen aus geronnenem Blut in den Gesichtern. Jeder hat Wunden, Schnitte. Ich sehe Arme, Beine und Leichenteile, weiß, dass es menschliches Fleisch ist, was auf dem Boden herumliegt – das zukünftige Beinhaus ein Wald aus Körpern und Gliedmaßen, die gefällt wurden. Ich stolpere über Leichen, trete auf Fleisch und stapfe durch Blutlachen, die meine Füße in den Boden zu ziehen suchen. Überall ist Blut und es ist wie bei Zeiten der Flut, es steigt höher und höher, steht schon an meinen Knien. Ich wate hindurch, meine Nase taugt nicht mehr zum Atmen, ich atme durch den Mund und mir wird bewusst, dass ich schreie, geschrien habe, und meine Lungen schmerzen; ich habe das Gefühl zu ersticken und mir ist heiß, und als ich meine, es könne kein größeres Grauen geben als das, was mir widerfährt, höre ich zunächst und sehe dann, dass sich mir eine Schwärze, die schwärzer ist als all das Schwarze um mich herum, von Norden her nähert, und, keine Ahnung, woher ich weiß, dass sie sich von Norden her nähert, aber ich weiß es. Ich weiß allerhand Dinge, nur nicht, wie sie mir zur Kenntnis gelangt sind, und das neue Ding hier ist das bisher fürchterlichste – eine Art Wolke oder mehr noch ein heftiger Wind, giftig und tödlich zugleich; wenn er bei mir anlangt, wird sich etwas Furchtbares ereignen, furchtbarer als alles andere, also versuche ich zu rennen, doch ich stecke in Blut fest, es reicht mir bis zur Taille und ich komme kaum vorwärts, der Mangel an Sauerstoff und die Erschöpfung führen zu Krämpfen in meinen Waden; ich sitze in der Falle und mein Herz zerspringt; es ist keine Luft mehr vorhanden, ich kann nicht atmen und die Wolke rückt näher, näher, näher, ist jetzt über mir, auf mir, vor mir, hüllt mich ein, mich und die anderen, und meine Kehle spannt sich und platzt, als meine Stimme in Schmerzen hervorbricht und ich schreie, schreie, schreie, meine Augen so fest geschlossen, dass meine Lider springen wie Porzellan in einem Feuer, und mein Kopf steckt in einem Schraubstock genau wie mein Körper, und ich werde zerquetscht und bekomme keine Luft und dann ... ist es vorbei.

Einfach so.

Ich bin auf einer Wiese und die Sonne scheint, und ich höre einen Vogel.

Dann sehe ich ihn. Es ist eine Möwe und sie fliegt über meinem Kopf, ein Schnörkel vor einer blauen Babydecke.

Ich höre ein Geräusch und rolle mich herum. Ich habe

auf dem Rücken gelegen. Ich bin auf einer Bergspitze und knapp über meinem Kopf sind Wolken. Ich könnte sie berühren, wenn ich wollte. Das ist nicht real, so viel ist gewiss. Wie sonst sollte eine Möwe über eine Bergspitze fliegen, so weit weg von der Küste? Jenseits einiger Meter Alpenflora – Edelweiß – sitzt ein alter Mann, ein sehr alter Mann, an einem Tisch aus weiß lackiertem Schmiedeeisen, darauf ein Schachbrett samt Figuren, bereit für eine Partie.

Er blickt auf.

»Ah, bist du endlich da.«

Ich starre ihn an, erwidere nichts. Ich habe diesen Mann noch nie gesehen und doch kommt er mir irgendwie bekannt vor. Ich stehe auf, recke mich wie beim Aufwachen. Ich schlendere hinüber zu ihm. Er deutet mit der Hand auf den Stuhl ihm gegenüber und ich setze mich. Der Tisch mit dem Schachbrett steht zwischen uns.

Der alte Mann trägt ein langes weißes Gewand; lang und weiß sind auch seine Haare und sein Bart. Er selbst ist sehr faltig und er hat rosa Augen. Ich habe bisher noch von keinem Menschen mit rosa Augen gehört, aber sie scheinen bei ihm am richtigen Platz und sollten vielleicht auch von keiner anderen Farbe sein. Ich warte ab, was er zu sagen hat.

»Truman«, sagt er. Ich bin nicht überrascht, dass er meinen Namen kennt. »Nun, du hast mich warten lassen.«

Das scheint ihn sehr zu belustigen, so, wie seine Augen geradezu lächeln.

»Bereit für eine Partie?« Seine Hand zeigt auf das Schachbrett.

»Ich habe für das Spiel nichts übrig.«

Er zieht überrascht die Augenbrauen hoch.

»Und ich habe gedacht, du wärst ein Intellektueller. Du spielst kein Schach?«

Das irritiert mich. »Meinen Sie, alle Intellektuellen seien gleich? Gäbe es nur eine Beschreibung für uns, dann die, dass wir nicht alle gleich sind.«

Die Antwort scheint ihm zu gefallen. Ich blinzle und das Schachbrett ist verschwunden. Statt seiner ist da jetzt ein anderes Brett mit Damesteinen. Ich schaue hoch, verächtlich.

»Auch keine Partie Dame?«

Er schüttelt den Kopf, bedauernd, wie es scheint, und zack! verschwindet auch dieses Brett. Jetzt liegt ein Kartenspiel auf dem Tisch.

Ich erhebe mich von meinem Stuhl. Die Karten sind so schnell vom Tisch, dass ich ihr Verschwinden nicht sehe, obwohl ich den Tisch im Blick habe. Mit einer Handbewegung bedeutet mir der alte Mann, mich wieder zu setzen. Ich komme dem nach, mehr aus Neugier denn aus Willfährigkeit.

»Nun«, sagt er, »keines meiner Spiele gefällt dir. Was, schlägst du vor, sollen wir mit unserer Zeit anfangen?«

»Wieso etwas anfangen?«, erwidere ich. »Und wie viel Zeit haben wir überhaupt?« Ich überlege und hole tief Luft. »Und wer sind Sie und wo sind wir und was geht hier vor?«

Er sieht mich an und, ich schwöre, seine Augenbrauen bilden Fragezeichen.

»Weshalb fragst du mich? Es ist dein Leben. Ich bin nur so lange hier, wie du es willst. Es liegt ganz bei dir.«

Das ist unlogisch.

»Träume ich? Ich glaube, ich habe eben geträumt. Doch jetzt bin ich wach.« Ich sehe ihn an. »Oder?«

Er zuckt mit den Achseln. »Wenn du es willst. Vielleicht ist es nicht dein Leben. Vielleicht ist es mein Leben. Oder mein Traum.«

Wir schweigen eine Weile. Er ergreift als Erster wieder das Wort.

»Um wessen Traum oder Leben es sich hier auch handeln mag, bist du nicht der Ansicht, wir sollten etwas tun? Ich halte dich für einen Mann der Tat. Macht es dich froh, einfach nur so herumzusitzen? Jetzt weiß ich's! Ich hab's!« Er strahlt wie seinerzeit Archimedes angesichts seiner Erkenntnis. »Wir könnten jemanden vergewaltigen. Oder deinem Vater den Penis abschneiden! Wie klingt das?«

Ich spüre, dass mir das Blut ins Gesicht schießt. »Wer sind Sie?« Ich stehe auf und sehe ihn an, balle meine Hände zu Fäusten. Er duckt sich auf seinem Stuhl, schrumpft vor Angst und ist nur noch halb so groß wie zuvor.

»Du wirst mich doch nicht schlagen, nicht wahr? Ich habe es nicht böse gemeint.«

Ich setze mich wieder hin. Es ist offensichtlich, dass das Ganze ein Spiel ist. Erneut bin ich jemandem ausgeliefert, wer es auch sein mag, der in dieser Welt oder Sphäre oder was auch immer das Sagen hat – so, wie es mir in jeder anderen Welt widerfahren ist.

Das Gebot der Stunde lautet, sich zurücklehnen und abwarten, was passiert. Ich entspanne mich, und kaum dass es mir gelungen ist, verschwindet der alte Mann. Nicht nur das, ich finde mich im Haus meiner Mutter wieder, in ihren Armen, und sauge an ihrer Brust. Ich finde, das wird in hohem Maße langweilig. Als Nächstes stehe ich an ihrem Grab, erinnere mich, wie zuwider es mir war, von meiner Mutter geschaukelt und gestillt zu werden, und wünschte, ich hätte ihr bereits als Kleinkind die Brustwarze abgebissen. Es ist kalt und unwirtlich, doch die frische Erde auf ihrem Grab ist weich und geschmeidig, wie Schokoladenpudding, der mit Wasser statt mit Milch zubereitet wurde. Ehe ich mich versehe, bin ich wieder ein Kind, das in den Armen seiner Mutter liegt, geschaukelt wird, und ich mache es noch einmal, recke den Kopf nach oben und beiße, so fest ich kann in ihren harten, braunen Nippel.

Es folgt ein angenehmer Moment des Nichts, und da bin ich wieder, zurück auf der Gebirgswiese, und liege auf meinem Rücken. Dieselbe Möwe segelt über meinem Kopf. Jetzt zaudere ich nicht, sondern stehe sofort auf und gehe hinüber, wo der alte Mann am Tisch sitzt. Kein Schachbrett weit und breit diesmal. Ich setze mich, warte erst gar nicht auf die Einladung.

»Reden Sie mit mir«, sage ich. »Sagen Sie mir, was das zu bedeuten hat. Bin ich in einem Film, der ständig zurückgespult wird?« Er sagt nichts, sitzt nur da, schaut. Ich erachte ihn für weise mit seinem weißen Haar, dem Bart und allem Drum und Dran. Zumindest er müsste etwas wissen, denke ich.

Er sagt eine ganze Weile nichts und mich verlässt allmählich die Geduld.

»Können Sie nicht mehr sprechen? Beim letzten Mal waren Sie noch zum Reden aufgelegt.«

Er sieht mich nur an und lächelt schwach. Ich ergreife wieder das Wort, werde zunehmend ärgerlicher.

»Soll ich selbst dahinterkommen? Sieht das Spiel so aus? Wenn ich richtig rate, werden Sie es mir dann sagen? Ist das Ihre Rolle?« Und wieder nichts. Zum Verrücktwerden.

»Mal sehen, ob ich es herausfinde. Die östlichen Religionen liegen richtig ... nicht wahr? Man befindet sich im Kreislauf der Wiedergeburt, bis man das alte Karma abgebaut und kein neues mehr aufgebaut hat. Dann winkt das Nirwana. Beschreibt das die Übung?«

Er nimmt mich unverwandt ins Visier. Auf dem Tisch regt sich etwas und siehe da – ein Schachbrett. Ich starre eine ganze Weile darauf. Dann lange ich hinüber und bewege einen Bauern. Kaum habe ich meine Hand weggezogen, ist auch das Brett weg.

Ich blicke hoch. Der alte Mann lächelt.

»Ich dachte, du spielst kein Schach«, sagt er.

Meine Verärgerung wird noch größer.

»Ich spiele nicht«, sage ich. »In meinen Augen ist es ein albernes Spiel und als sogenannte intellektuelle Beschäftigung überbewertet. Außerdem glaube ich nicht an den Quatsch, wonach es das Denkvermögen befördern soll oder die Aneignung von Logik und Disziplin.«

Seine rosa Augen funkeln. Sofern rosa Augen funkeln können.

Aber anders kann ich den Ausdruck in ihnen nicht beschreiben.

»Da bin ich ganz deiner Meinung, Truman. Du hältst eine ganze Reihe von Dingen für dumm, nicht wahr?«

»Was ist das für eine Frage? Jeder denkende, vernunftbegabte Mensch stößt auf viele Dinge, die er als dumm ansieht. Oder gehören Sie zu diesen lächerlichen Volltrotteln, die den ganzen Tag lang jedem Schwachsinn mit einem Grinsen begegnen?«

Seine Lippen verziehen sich zu einem breiten Lächeln und entblößen kaputte, gelbe Zähne. Woher er auch stammen mag, Zahnmedizin ist dort keine fortgeschrittene Disziplin.

»In wenigen Stunden wird man dich hängen, nicht wahr?«

Die Direktheit der Frage bringt mich aus dem Konzept, so unvermittelt, wie die Frage hier eingeschoben wird, so ohne jeden Zusammenhang.

»Was wäre denn, wenn dem so ist?«, erwidere ich herausfordernd. »Meinen Sie, das bereite mir Kopfzerbrechen?«

Er hält an seinem blöden Lächeln fest.

»Nun, ich kann Ihnen versichern, dass es mich nicht im Geringsten kümmert. Ich denke, wären Sie an meiner Stelle, Sie würden einem überspannten Priester etwas vorheulen, um Vergebung für Ihre Sünden bitten und für die aller anderen gleich mit und würden irgendeine Memme von Gott anflehen, Ihnen aus der Bredouille zu helfen.« Ich nehme den Hohn in meiner Stimme wahr und spüre ihn auf meinen Lippen.

»Das weiß ich nicht«, sagt er mit diesem Lächeln, das an seinem Mund zu kleben scheint. »Ich war niemals damit konfrontiert, gehängt zu werden. Jedoch hat sich anderes zusammengebraut und das hat mir gehörig zugesetzt. Eine Ehefrau beispielsweise, die ich zärtlich geliebt habe, hat mir Hörner aufgesetzt, und wenn ich ihr auch den Tod in Aussicht gestellt hatte, sollte sie mir jemals untreu werden, als es dann passierte, wurde mir klar, dass ich sie nicht töten konnte, so sehr liebte ich sie. Allerdings habe ich sie bestraft.«

»War sie schön?«, frage ich und empfinde sogleich Scham angesichts meiner einfältigen Frage. Also schiebe ich sogleich hinterher: »Ist das jetzt passiert oder in Ihren jüngeren Jahren?«

»Ich war so alt wie jetzt. Natürlich ist es viele Jahre her. Es scheint, als hätte ich immer dasselbe Alter gehabt. Obwohl, ich hätte auch älter gewesen sein können. Ja. Genau. Ich war seinerzeit älter.«

Ausflüchte. Wie könnte jemand vor vielen Jahren genauso alt gewesen sein wie jetzt? Oder älter? Sollte diese Person hier Gott sein? Ich beschließe, ihn zu fragen, rundheraus.

»Sehe ich aus wie Gott?«, antwortet er.

Ich versichere ihm, nicht die leiseste Vorstellung davon zu haben, wie Gott aussehe, abgesehen von der Interpretation eines Künstlers, die, bis auf den Bart, nicht viel Ähnlichkeit mit ihm aufweise.

»Ich glaube nicht, dass ich es bin«, sagt er, »obwohl ein Teil von mir nahelegt, ich könnte es ab und an sein. Es hat den Anschein, als gäbe es einen anderen, einen mir unbekannten Teil meiner Person, dessen ich von Zeit zu Zeit kurz ansichtig werde und der eben nahelegt, dass ich es sein könnte. Ich weiß es nicht und weiß wiederum nicht einmal das. Jedenfalls zerbreche ich mir nicht den Kopf über derlei Dinge.«

Es sieht zum ersten Mal so aus, als wolle sein Lächeln verblassen, ein wenig. »Ich scheine ganz Gedächtnis zu sein«, fährt er fort, seine Miene verwirrt und sein Lächeln allenfalls ein Hauch dessen, was es mal dargestellt hat. »Ich erinnere mich an alles. Aber anders.«

Ich bin mir sicher, dass ich jetzt derjenige mit der verwirrten Miene bin.

»Du erinnerst dich der Dinge der Reihe nach. Du hast dies gemacht, dann jenes, dann ist das passiert. Du kannst hin und her springen und die Glieder der Kette aufheben, aber mein Gedächtnis funktioniert anders. Es ist ein großer verschlungener Ball. Und darin ist alles. Selbst Dinge, die nicht darin sind, sind darin.«

Sein Lächeln ist zurück. Der Mann ist komplett irre. Offenkundig hat er zu lange auf diesem Berg zugebracht. Vermutlich von seinem Stamm oder der Gesellschaft oder von wem auch immer an diesen Ort verbannt, um ihn von den Kindern fernzuhalten.

»Ich vertrete eine entschiedene Meinung, was die Zahl Drei betrifft«, sagt er. Ständig wechselt er das Thema. Äußerst schwierig zu ergründen, worauf er hinauswill. »Ja, nun«, seufzt er und entlässt sozusagen die eigenen Worte mit einer Handbewegung, »wir sind nicht hier, um über mich zu sprechen, sondern über dich. Wie, meinst du, geht es mit dir weiter, nachdem man dich gehängt hat?«

Jetzt bewegt er sich auf einer Ebene, wo ich ihm begegnen kann. »Ganz einfach«, erwidere ich, »ich gehe eben auf eine andere Ameisenfarm. Ich glaube, ich habe bereits einen flüchtigen Eindruck davon bekommen. In mancherlei Hinsicht unterscheidet es sich von meinem jetzigen Zustand – so gibt es zum Beispiel keinerlei körperliche Bedürfnisse oder Gelüste, aber in allen wichtigen Aspekten ist es die gleiche Veranstaltung. Jemand kontrolliert weiterhin die Umgebung und mich, schiebt mich nach Gutdünken hierhin und dorthin. Zeugt nicht von sonderlich viel Phantasie, was Ihn betrifft, nicht wahr?« Ich versuche, den alten Mann zu reizen. Wenn er Gott ist, sollte diese Aussage zumindest eine hitzige Reaktion hervorrufen. Vielleicht vernichtet er mich mit einem Blitzschlag.

Mitnichten.

»Und, was schätzt du, wie wirst du dich in der Situation verhalten?«

Läppisch. »Wie immer. Mir sind die Hände gebunden, was passiert, passiert eben. Ich gehe meiner Wege, reagiere auf meine Umgebung und eines Tages werde ich etwas lostreten, was mich in einen anderen Zustand überführt. So geht es weiter und weiter, bis Gott oder wer auch immer dieses Spiels überdrüssig wird und mich in ein Sandkorn verwandelt oder in einen Fetzen Zeitungspapier, was immer Ihm beliebt. Meiner Meinung nach habe ich keinerlei Einfluss auf nur eine dieser Entscheidungen. Meine Aufgabe besteht darin, Ihm als eine weitere Ameise auf der Ameisenfarm die Zeit zu vertreiben. Wäre ich wie die anderen Ameisen und Sein Plan mir nicht bekannt, würde ich befürchten, für immer auf der Farm bleiben und Ihn bespaßen zu müssen, aber so dumm bin ich nicht. Ich werde ebenso schnell wieder weg sein. Vierzehn Ebenen von Ameisenfarmen zu überwinden liegt nicht in meinem Interesse, aber ich habe keine Wahl. Und es ist mir egal.«

»Was ist mit den Menschen? Machst du dir keine Gedanken über deine Mitmenschen?«

Ich sehe ihn an. Ist das sein Ernst?

»Meine Mitmenschen? Meinen Sie die Lebewesen, deren einziges Lebensziel darin besteht, mehr und mehr unserer natürlichen Ressourcen aufzubrauchen? Oder im Namen der *Erkenntnis* ihre kolossalen Egos zu päppeln? *Diese* Menschen? Sie scherzen, oder?«

Er blickt kurz zur Seite und dann wieder zu mir, das Lächeln auf seinem Gesicht wie eingewachsen.

»Was ist mit Liebe?«

»Ha! Der größte Schwindel überhaupt. Sie sprechen von Drüsen. Organismen, gesteuert von Drüsen. Das Ganze ist schlicht zu albern, als dass man Zeit mit Erörterungen darüber verschwenden sollte.«

Er schweigt. Und dann: »Logik scheint dir überaus wichtig zu sein. Was, wenn dein Gedankengang in die falsche Richtung geht und es eine Hölle gibt, mit der es sich auseinanderzusetzen gilt?«

Er meint, mich ausgetrickst, mich in die Enge getrieben zu haben, aber ich bin entsprechend vorbereitet.

»Ich glaube nicht an die Existenz der Hölle, alter Mann. Ich glaube, die Hölle ist eine Erfindung der Menschen, die anderen Menschen Angst einflößen soll. Sie ist unlogisch. Und wenn es einen Gott gibt, dann muss er logisch handeln.«

»Weshalb sagst du, die Hölle sei nicht logisch?«

»Wie könnte ein vollkommener Gott etwas Unvollkommenes erschaffen? Wie könnte ein reiner Gott die Sünde erschaffen? Wie konnte Er überhaupt darauf verfallen? Hat Er keine Kontrolle? Wenn Er keine Kontrolle hat, hat Er auch nicht sonderlich viel Macht, oder? Und muss deshalb nicht gefürchtet werden.«

Ich verschwende meinen Atem, aber in Ermangelung einer anderen Beschäftigung fahre ich fort.

»Auf der Erde lehren uns alle Religionen, gut und rein zu sein, sich in Demut zu üben und sich zu Seinen Füßen kleinzumachen, bevor Er Gnade walten lässt und uns auf diese Weise *errettet.* Dahinter steckt das Angebot, auf Erden durch die Hölle zu gehen und am Ende winkt der Himmel. Oder man macht die Erde erträglicher und am Ende winkt durch derlei Tun die Hölle. Keins von beiden ist logisch. Und auf das Bild vom Sündenfall möchte ich erst gar nicht eingehen. Das ist eine ganz schlechte Karikatur.«

Zum ersten Mal sieht der alte Mann traurig aus. Zum ersten Mal ist sein Lächeln verschwunden und das greise Haupt sieht noch weißer und greisenhafter aus.

»Deine Worte lassen mich mutlos zurück«, sagt er. »Kann es sein, dass die Menschheit Gott missversteht?«

Ich lache. »Nun, wenn dem so wäre, meinen Sie nicht, dass es Sein Fehler ist? Wenn Ihm bei den eigenen Konstrukten Fehler unterlaufen, kann Er dann Gott sein?«

Gelassen, mit diesem Wort würde ich die Miene des alten Mannes an dieser Stelle beschreiben.

»Ich denke, dass deine *Logik* dich in die Irre geführt hat, Truman. Ich denke, du wirst das noch erkennen. Ich hoffe es. Ich glaube nicht, dass es dich wirklich glücklich macht, ein Sandkorn oder ein Fetzen Zeitungspapier zu sein. Ich glaube, du bist einfach wütend. Das ist es, was du tatsächlich bist. Und das ist rätselhaft. Denn meines Wissens nach hat dir nie jemand etwas zuleide getan.«

»Sie sehen in mir eine dieser stumpfsinnigen Kreaturen, die zeit ihres Lebens reflexhaft reagieren? Meine Mutter hat mich geschlagen, also schlage ich Frau und Kinder? Meine Mutter hat mich geküsst, also küsse ich Frau und Kinder? Diese Art Schwachkopf? Ich bin ein Klumpen formbaren Tons, im Wesen von anderen Fingern gestaltet? Ich verfüge weder über Verstand noch Vernunft? Sie schreiben der Menschheit die gleichen Fähigkeiten zu, wie sie Gott eigen sind? Wir können andere formen, wie Gott vermutlich uns formt? Verabschiedet Gott sich so leicht von Seiner Macht? Übergibt sie diesen Trotteln, die den Großteil der Menschheit ausmachen? Keine ausgesprochen würdigen Empfänger, aber immerhin hat Er uns erschaffen, nicht wahr?«

Ich werde ihm gegenüber deutlich. »Was mit mir gemacht wurde oder was nicht mit mir gemacht wurde, hat nichts damit zu tun, was ich bin.« Ich werde mir meines lauten Tons bewusst, meiner rauen und zugleich scharfen Stimme. »Ich bin ein Individuum, ein einzigartiges Individuum, und ich habe mich selbst erschaffen. Ich habe alles in meinem Leben selbst festgelegt, alle Standards gesetzt, alle Verhaltensmuster geprägt und alle Denkprozesse gesteuert, und ich bin Ich!«

Ich erhebe meine Stimme, um das gesamte Universum mit ihr zu füllen, sie erzeugt ein Echo, wird vom Firmament zurückgeworfen. »Ich bin kein *Produkt*, ich bin ein Mensch und nicht Ihr Gegenstand aus Ton. Wenn Sie Gott sind, können Sie mich überwältigen, unterjochen, mich benutzen, was immer Ihnen beliebt, mich hierhin steuern oder dorthin, Sie können mich töten und Sie können mein Leben hier verlängern. Sie können mir Hindernisse in den Weg legen, Sie können sie abräumen. Das alles können Sie machen und noch viel mehr, bis auf eine Sache, die Sie nicht machen können, weder jetzt noch irgendwann: Meinen Verstand können Sie nicht kontrollieren. Das gilt auch für die Form, in der ich ihn zu benutzen gedenke.« Ich gerate ins Stocken, außer Atem und – mit einem Male – bar jeglichen Gefühls. Überraschung macht sich in mir breit. Ich habe zu diesem alten Mann gesprochen, als wäre er Gott höchstpersönlich. Und doch kümmert es mich nicht. Vielleicht ist er es, vielleicht auch nicht. Es ist egal. Es ist egal, ob er Gott ist. Es ist egal, ob er nur ein verrückter alter Mann auf dem Gipfel eines Berges ist. Es ist egal, ob er nur ein herbeiphantasiertes Geistwesen ist. Die Wahrheit, meine Wahrheit, stützt sich auf niemand anderen als mich.

Er spricht:

»Warum hast du deinen Vater erstochen?«

»Geh'n Sie weg«, sage ich. »Warum schikanieren Sie mich? Ich habe meinen Vater nicht umgebracht. Ich habe meinen Vater geliebt. Ich bin bei seiner Beisetzung gewesen. Es war schön, wunderschön. Er war gut zu mir. Für ihn war ich immer sein ›kleiner Soldat‹. Warum sagen Sie so etwas?« Seine Worte sind eine Lüge. Ich weiß nicht, welche Absicht er verfolgt. Meine Finger sind feucht und fühlen sich an wie Eiszapfen. Ich möchte aufwachen. Ich habe die Kraft aufzuwachen. Ich weiß das, aber ich kann nicht.

»Erinnerst du dich nicht?«

»Woran?«

»Du hast ihn mit einem Fleischermesser erstochen. Hast ihm den Penis abgeschnitten und dann viele, viele Male auf deinen Vater eingestochen. Als er schlafend neben deiner Mutter lag. Er war nackt und schnarchte. Deine Mutter wurde wach und hat dich gesehen, und gemeinsam habt ihr ihn im Garten vergraben. Deine Mutter hat den Behörden erzählt, er sei abgehauen. Das war's.«

»Das hätte ich nie tun können«, sage ich. Was erzählt er nur? Ich habe meinen Vater geliebt. Meine Mutter war diejenige, die ich gehasst habe, all die feuchten Küsse, das unablässige Schaukeln und das Geschmuse. Ich bin völlig verwirrt, spüre geradezu, wie die Welt sich um ihre Achse dreht. Es dröhnt in meinem Kopf, mir wird schwindlig und ich verliere die Orientierung.

Ich blicke hoch und der alte Mann ist weg. Ich sitze auf meiner Knastpritsche, in Gefängniskleidung. Ich bin hellwach. Ich schaue hinunter auf die linke Brusttasche meines Hemdes, will sehen, ob meine Nummer noch da ist. 49028. Ich bewege lautlos die Lippen, forme jede einzelne Zahl. Vier. Neun. Null. Zwei. Acht. Ich bin zurück. Es ist vorbei. Nur ein Traum. Ein Traum voller Lügen. Mein Vater starb bei einem Autounfall, als ich neun war. Es war meine Mutter, die schlecht war. Diese erstickende Liebe. Ich höre den Schließer näher kommen und weiß, was er sagen wird, noch bevor er an meiner Zelle ist. »Drei Uhr, Pinter. Sie haben noch dreieinhalb Stunden«, und dann ist er weg und ich bin mir nicht sicher, ob er überhaupt hier war.

Ich bin jetzt so weit in Ordnung. Ich werde nach Mr. Timex rufen und mir einen Becher von diesem grässlichen Kaffee bringen lassen, und mir wird es gut gehen. Mir geht es bereits gut. Wenn das Gott war, dann, so denke ich, wird er enttäuscht werden, sollte er annehmen, dass mein Traum mich verändert, mich zerknirscht zurückgelassen habe. Ho, ho. Ich bin kein erdachter Ebenezer Scrooge, der sich von einem Geist einschüchtern lässt.

Schließer!

Da kommt er, als hätte er wie ein loyaler Butler gleich um die Ecke gewartet. Ergreifend, nicht wahr? Es hat etwas von Geiern, die in unmittelbarer Nähe des sterbenden Rinds auf der Lauer liegen, finden Sie nicht?

Schließer, ich hätte gern etwas Kaffee, wenn's recht ist, und zwei Aspirin, wenn Sie so freundlich wären. Vielen Dank.

Er ist allzu entgegenkommend. Das macht ihn einerseits angenehm, andererseits ist es jämmerlich. Was ist los mit unserer Spezies, was veranlasst uns, dem Kriecher mit Abneigung zu begegnen, der doch nur gefallen will, und dem Tyrannen mit Bewunderung, der mit seinem Absatz nur zertreten will? Die Macht ist es, die wir nicht besitzen und die uns Respekt abnötigt, uns, den nicht zur Logik befähigten Lebewesen, die wir nun mal sind.

Ich werde meinen Kaffee trinken und meine Kopfschmerzen auskurieren und mich hinlegen, um meine letzten dreieinhalb Stunden zu verschlafen. Ich werde schlafen wie ein alter in der Sonne dösender Mann: traumlos. Wenn es Zeit ist aufzuwachen, werde ich wegfliegen und das Adrenalin, das ausgeschüttet wird, wird das gleiche sein wie jetzt, nicht mehr und nicht weniger. Mein Puls wird regelmäßig sein.

Er starb im Exil; wie alle Menschen fand er sich im Leben in eine schlimme Zeit verschlagen.

Borges, Buenos Aires, 23. Dezember 1946

Kapitel drei

Die Zukunft

Es ist Zeit. Ich höre sie kommen, höre ihre Schritte. Als man mir vorhin Eier, Speck, Toast und Kaffee anbot, habe ich abgelehnt, denn ich will meinen Körper frei von Giften, gleichwohl es mich insbesondere nach dem Kaffee verlangte. Ich nahm ein Abführmittel und reinigte mich gründlich, in einem Ausmaß, dass ich mir, um die Nebenhöhlen zu befreien, so lange die Nase putzte, bis mein Taschentuch blutig war. Mein Geist ist nun rein, genau wie mein Körper und meine Seele, und ich warte voller Ungeduld auf dieses Abenteuer. Mögen ihnen die Augen aus den Höhlen treten, wenn ich abhebe!

Jetzt sind sie an meiner Zellentür. Sie sind zu viert: zwei kräftige Wärter, Lars, mein Gefängnisdirektor und Hobbypsychologe, und ein Priester. Die Gegenwart des Priesters überrascht und verärgert mich, aber ich sage nichts. Ich darf mich nicht aufregen. Er murmelt seine lateinischen Beschwörungsformeln, die Hände fromm gefaltet und die ohnehin wässrigen Augen voller Wasser, und ich lache ihm ins Gesicht. Er bekreuzigt sich, sieht ganz gelassen aus, als sei er das von den Verurteilten so gewohnt. Ich wüsste gern, ob ich so bin wie der Rest seiner Gemeinde. Es ist an meinem Anstaltsleiter, den Gefühlen freien Lauf zu lassen, exakt so, wie ich es vorhergesehen habe.

»Jetzt werde ich Sie schwitzen sehen.«

Ich schenke ihm keine Beachtung, genau wie den anderen. Die beiden Wärter sehen aus wie massive Doppeltürme. Sie sollten wissen, dass von meiner Seite keinerlei Aggression zu befürchten ist, aber ich nehme mal an, so lauten die Richtlinien. Ich zucke mit den Achseln und verlasse meine Zelle mit federndem Schritt. Ich bin voller

Erwartung, bin am Leben. Der Priester wirkt bedrückt. Ich vermute, er hat erwartet, dass ich auf die Knie falle, um das Sterbesakrament bitte oder um die Absolution, was immer Katholiken so machen, bevor sie hingerichtet werden. Ich hätte um einen Zeugen Jehovas nachsuchen sollen. Ich hätte einem von ihnen das Gefühl geben können, wenigstens ein Mal willkommen zu sein.

Ich bin jetzt außerhalb meiner Zelle (mach's gut, Zelle. Leicht steigst du hinab zum Avernus. Facilis descensus Averno – etwas Latein für Sie, Priester!). Meine beiden Wärter nehmen mich in die Mitte, Lars setzt sich an die Spitze des Zuges – ein Mann voller Zuversicht! – und dieser Armleuchter von einem Priester zuckelt unter Gemurmel hinter uns her. Ich habe ihn bereits vergessen. Wir gehen auf die große Doppeltür zu, Lars langt nach vorn und zieht sie auf. Direkt dahinter, zu meiner Rechten, liegt die grüne Tür, wo die Schlinge auf mich wartet (ja, dafür habe ich mich entschieden). Links von mir befindet sich der kleine Austritt. Ich gehe durch die Doppeltür, mache einen weiteren Schritt und beuge mich dann schnell hinunter zu einem meiner Schuhe, als wolle ich den Schnürsenkel neu binden. Im Todestrakt sind keine Schnürsenkel erlaubt, ebenso Gürtel oder andere Dinge, die bei einem Selbstmord zum Einsatz kommen könnten; meine Wärter wissen das, aber sie sind unbedarft und die Information ist längst versickert, worauf ich hätte wetten können. Sie machen Anstalten, mich zu packen, doch als sie mitbekommen, dass es nur der Schuh ist, dem meine Aufmerksamkeit gilt, entspannen sie sich und lassen von mir ab. »Mein Schuh ist offen«, murmle ich, beuge mich noch etwas tiefer hinunter, ramme zugleich den Wärter links von mir und bringe ihn aus dem Gleichgewicht, richte mich auf und stürme los wie ein Linebacker aus der Two-Point Stance und schaffe es bis zum Geländer des kleinen Austritts, schwinge mich darauf und balanciere dort eine endlose Sekunde lang, wobei mich alle mit angehaltenem Atem anstarren. Ihre Augen sind weit aufgerissen; ich habe das gesehen, und ich fege meinen Verstand leer, lösche alles Material ... und lasse mich fallen. Ich bin frei und in der Luft. Ich falle zu schnell, schwebe nicht. Ich gerate in Panik, bekomme sie aber in den Griff. Ich zwinge meinen Geist zurück in den richtigen Zustand, und dann spüre ich, dass mein Fall sich verlangsamt. Ich fliege! Ich werde sanft auf dem Boden aufsetzen, auf den Füßen landen, um die Ecke des Verwaltungsgebäudes zum davor befindlichen Hofganggelände gehen und von dort aus abheben und über die dicken grauen Mauern fliegen. Ich werde schnell davonfliegen, bis ich außerhalb der Reichweite ihrer Schusswaffen bin. Dann werde ich zurückkommen, träge dahinsegeln, außerhalb der Reich-, aber noch immer in Sichtweite, und schließlich zum Eingang des Verwaltungsgebäudes segeln, dort landen und in aller Ruhe auf sie warten, damit sie mich wieder in Gewahrsam nehmen und meine Hinrichtung vollstrecken können. Sie sollen genötigt werden anzuerkennen, dass es mich nicht kümmert, was sie mit mir anstellen.

Mein Plan lässt sich perfekt umsetzen, so, wie ich es mir ausgemalt habe. Ich setze sanft auf dem Betonweg auf. Eine perfekte Landung! Ich recke meinen Hals und schaue nach oben. Über mir, oberhalb des Geländers, von dem ich gerade gestartet bin, tauchen Gesichter auf. Da ist Lars – er ist der Erste –, dann der Priester, dann die Wärter. Alle sind sie da. Ich winke ihnen zu. Doch keine Veränderung in ihren Mienen. Als ob sie mich nicht sehen würden. Ich folge der Richtung ihrer Blicke. Sie starren auf etwas zu meinen Füßen und beobachten nicht mich. Doch das ist egal. Ich spüre die Notwendigkeit zur Eile. Gleich wird man daran denken, Alarm auszulösen und Wachen loszuschicken, mich zu ergreifen.

Ich bewege mich schnell, um ihren Blicken zu entkommen, eile um die Ecke des Verwaltungsgebäudes und auf das Hofganggelände. Überall Gefängnisinsassen, doch sie nehmen keine Notiz von mir. Es muss offensichtlich sein, dass ich ein neues Gesicht bin, doch jahrelange Konditionierung sorgt dafür, dass sie ihre Überraschung nicht zeigen. Ich zucke mit den Achseln und gehe zur Mitte des Hofs. Ich werfe einen Blick zurück. Merkwürdig. Noch immer keine Anzeichen für einen Alarm. Es sind mindestens drei oder vier Minuten vergangen, seit ich hinunter auf den Boden geflogen und zu dieser Stelle hier gegangen bin.

Dann wird mir klar, weshalb. Fliegen ist für mich ein alter Hut, eine ganz normale Sache. Meinem Gefängnisdirektor und den anderen hingegen muss es wie eine wundersame Erscheinung vorgekommen sein, wie ein unbegreiflicher, schockierender Akt. Sie stehen unter Schock. Ich lächle und setze zu meinem Flug an. Niemand bemerkt etwas! Eben noch, beim Abheben, habe ich neben einer kleinen Gruppe Mitinsassen gestanden, doch sie fahren fort mit ihrer Unterhaltung, als sei nichts geschehen. Etwas Mysteriöses geht hier vor, aber mir fehlt die Zeit, zu ergründen, was. Ich muss hier weg. Jeden Moment werden mein Gefängnisdirektor und die anderen ihre fünf Sinne wieder beieinander haben, werden den Alarm auslösen und man wird mich schnappen.

Na bitte! Ich bin über der Mauer, dreißig, nein, bereits sechzig Meter in der Luft. Da ist Tumult am Verwaltungsgebäude. Wachtposten und Häftlinge flitzen umher wie Ameisen, deren Hügel soeben von einem Stiefel zertreten wurde. Der Alarm wurde ausgelöst! Es muss so sein, aber ich höre noch immer keine Sirene, keine Trillerpfeife. Ich riskiere es und fliege niedriger, um besser sehen zu können.

Da ist Lars! Er kommt um die Ecke des Verwaltungsgebäudes, gefolgt von den beiden Wärtern und dem Priester. Sie tragen etwas. Die Wärter, um genau zu sein. Lars geht vorneweg und der Priester bildet das Schlusslicht. Er bekreuzigt sich, faltet die Hände und lässt es wieder. Alle machen einen aufgeregten Eindruck. Lars' Gesicht ist rot und er scheint außer sich vor Wut.

Die Wärter tragen eine Leiche! Ein Laken verhüllt sie, doch es gibt kein Vertun, was es verhüllt. Die Wärter legen ihre Last auf dem Rasen ab und treten zurück. Ich gehe in den Sturzflug. Inmitten des Durcheinanders bemerkt mich niemand. Der Priester streckt die Hand aus, zieht das Laken zurück und enthüllt Kopf, Schultern und Brust eines Mannes. Alles ist voller Blut. Der Mann kommt mir bekannt vor. Ich fliege noch dichter heran, fliege direkt über der Leiche, etwa sechs Meter über dem Boden, blende das Risiko aus, mit rasendem Herzen und Schwindel im Kopf. Mit dem Mann hat es etwas auf sich.

Oh Gott! Nein, nein, nein! Das kann nicht sein. Es ist unmöglich. Ich bin doch hier. Sehe meinen Körper. Spüre ihn. Durch meine Adern fließt Blut. Meine Lungen dehnen sich aus, meine Hände sind feucht, mein Atem geht stoßweise. Ich bin am Leben! Ich habe alle notwendigen Beweise. Hier, da ist meine Hand! Ich lasse mich nach unten sinken und lande auf dem Rasen. Keiner sieht mich. Der Mann liegt vor mir. Auf seinem Hemd ist seine Häftlingsnummer zu sehen; Blut färbt sie dunkel, aber sie ist noch zu entziffern. Ich lese sie und die Zahlen lassen mich erstarren. Vier. Neun. Null. Zwei. Acht. Weiß gestickt.

Das ertrage ich nicht. Ich möchte nur wieder an meinem Fluss angeln. Mein Leben war strukturiert. In den letzten Stunden habe ich mehr gefühlsmäßige Höhen und Tiefen durchlebt als in meinem ganzen Leben. Wäre Greta Carlisle mir bloß nie begegnet. Vor dieser Nutte war mein Leben vollkommen. Ich hake ab, wie unwichtig es mir ist, in welche Richtung sich mein Leben entwickelt, welche Straße hinunterzugehen ich gezwungen bin.

Ich muss weg von hier. Ich werde den Ort verlassen, wegfliegen. Wenigstens das ist mir geblieben. Ich vermute, ich bin jetzt ein Geist, aber es ist anders als in meinem Traum. Ich habe einen Körper. Ich kann ihn spüren, berühren, ihn sehen. Obwohl niemand sonst dazu in der Lage zu sein scheint. Allerdings muss das hier eine andere Ebene sein, eine, die parallel zu meiner früheren existiert. Ich kann die anderen sehen, aber sie können mich nicht sehen. Doch ich habe einen richtigen Körper. Das habe ich nie erwartet.

Moment. Soeben bin ich durch einen Baum geflogen. Ich verfüge über einen festen Körper, aber alles andere ist Dunst, ist Dampf. Das also ist die wirkliche Welt. Mein anderes Dasein war ein Traum. Meine vierundvierzig Jahre sind quasi futsch. Sie scheinen nur einen Augenblick lang gedauert zu haben.

Meine Entdeckung verleiht mir neuen Schwung. Ich fliege über dem Boden, lasse das Gefängnis hinter mir. Gleite durch Bäume, Häuser, Hügel. Sie sind allesamt Geistererscheinungen. Ich bin die Wirklichkeit.

Ich gelange an einen Berg und fliege nach oben. Wie es aussieht, gibt es Grenzen. Es kostet mich zehn Minuten, den Gipfel zu erreichen. Um dort aufzutauchen, reicht es nicht, mir einfach nur vorzustellen, ich wäre auf dem Gipfel. Ich muss tatsächlich fliegen und meiner Geschwindigkeit sind Grenzen gesetzt. Ich scheine noch immer physikalischen Gesetzen wie der Schwerkraft ausgeliefert zu sein, wenn auch in geringerem Maße als zuvor. Also begegnet man auf dieser Ebene Raum und Zeit und Dimensionen. Ich wüsste gern, ob es einen Zustand ohne diese Konstanten gibt. Überall scheinen Beschränkungen zu bestehen und deshalb gibt es keine echte Freiheit.

Es ist meine Wiese! Niemand ist hier. Der alte Mann ist verschwunden. Aber da stehen sein Tisch und die beiden Stühle. Ich schieße dorthin und setze mich. Der Stuhl ist Materie, ist real. Ich kneife mir in die Wade; auch sie ist real. Ich fühle meinen Hintern, das Gewicht, das mich auf den Stuhl drückt. Ich muss nachdenken, muss dahinterkommen, was das alles zu bedeuten hat.

Ich spüre meinen Gefühlen nach, versuche, meine geistige Verfassung zu ergründen. Alles ist durcheinandergeraten, ist nicht das, was ich erwartete. Ich habe entdeckt, nicht so fliegen zu können, wie ich dachte. Ja, sicher, ich fliege, aber dabei stecke ich nicht in dem Körper, befinde mich nicht in dem Zustand, den ich mir vorgestellt habe. Am heftigsten stößt mir auf, es nicht vermocht zu haben, Lars und den anderen zu zeigen, wie total egal es mir gewesen ist, dass sie mich hinrichten würden. Nur darum ging es bei meinem Flug: zurückzukommen, nachdem ich meine Freiheit erlangt habe, und diese Freiheit aufzugeben. Ein Leben sollte einen Sinn haben, andernfalls wäre ich nur ein weiterer dieser Komatösen, für die das Dasein lediglich eine Abfolge aus Essen, Trinken, Konsumieren, Furzen darstellt, eine elende Orgie der Sinnesfreuden, gewidmet allein der Befriedigung menschlicher Bedürfnisse, doch ich bin mehr als das. Ich stehe darüber, habe immer darüber gestanden, und nun weiß es niemand. Mein Leben ist sinnlos gewesen.

Mir wird klar, etwas Paradoxes geschaffen zu haben. Einerseits behaupte ich, es kümmere mich nicht, was andere denken, andererseits bedarf ich ihrer Meinung als Rechtfertigung für meine Existenz. Ich war bemüht, mich dem zu entziehen, aber es gelingt mir nicht. Ich brauche andere für eine Definition meiner selbst. Und so muss ich mich mit anderen Menschen auseinandersetzen, um zeigen zu können, dass mir an keiner Auseinandersetzung gelegen ist. Demonstriere ich meine Philosophie nur in einem luftleeren Raum, dann habe ich keine Philosophie. Was bedeutet, ich bin der niederste Sklave. Um meine Freiheit zu erlangen, muss ich zum Sklaven werden. Daher ist Freiheit unmöglich.

Mein Denken dreht sich im Kreis und ich brauche ein Mittel, ihn zu durchbrechen. Es gibt dieses Mittel – ich spüre es –, ich kann es nur noch nicht finden. Aber ich verfüge über einen Verstand und, so scheint es, über alle Zeit der Welt, ihn einzusetzen. Ich werde den Weg finden, der mich aus diesem Dilemma herausführt, und wenn ich ihn gefunden habe, werde ich meine Freiheit erlangen.

Diesen Gedanken im Kopf, schaue ich hoch, und da sitzt der alte Mann mir gegenüber. Der Tisch ist leer, er hat sein Schachbrett nicht dabei. Der alte Mann ergreift als Erster das Wort.

»Hallo, Truman. Haben wir schon mal miteinander gesprochen?«

Ich starre ihn mit offenem Mund an. Erinnert er sich nicht mehr? Es war doch erst vorhin. Er beantwortet sich die Frage selbst.

»Deiner Miene entnehme ich, dass wir bereits miteinander gesprochen haben. Natürlich. Das muss so sein. Ich habe nur ein Problem. Wir sind hier in der Zukunft und die Dinge sind noch nicht chronologisch geordnet. Mir fehlen die Orientierungspunkte. Genau wie dir. Dir sogar noch mehr. Ich will es gern erklären«, sagt er. Er sieht die Bestürzung in meinen Augen.

»In meinem Gedächtnis sind alle Dinge erfasst. Kein Spatz fällt zur Erde, ohne dass ich es bemerke. Selbst wenn es noch nicht passiert ist.«

Er muss das Zucken meines Kiefermuskels bemerkt haben.

»Nun, Truman, dein Gedächtnis ist wie ein Stück

Draht, ein gerades Stück Draht. Es ist aber rund, es bildet einen Kreis ... doch das kannst du noch nicht wissen. Genau genommen wirst du es niemals wissen. Dir scheint es eine gerade Linie zu sein: Du wurdest geboren, hast am Dienstag dies oder das zu Mittag gegessen, hast ein Mädchen vergewaltigt und so weiter, ein Schritt nach dem anderen, sozusagen. Meine Sicht ist eine andere. Ich sehe das Innere des Kreises, den dein Stück Draht formt – in meiner Sicht ist es nur ein winziges Atom in einer unbegrenzten Menge anderer Atome. Und wie alle Atome bewegt sich deins die ganze Zeit mit hoher Geschwindigkeit, nur bist du dir dessen nicht bewusst – dir kommt es langsam vor, gemächlich. Zumindest ist es so gewesen. Nun aber bist du in der Zukunft und wirst allmählich einen kleinen Einblick in das bekommen, wovon ich rede.«

Ich habe nicht die leiseste Ahnung, wovon er redet, und äußere mich entsprechend. Er seufzt und hört sich dabei an wie mein alter Mathematiklehrer, der meinem Neuntklässlerverstand die Analysis nahezubringen versucht.

»Tut mir leid, Truman. Ich erkläre das nicht besonders gut, oder? Ich will es noch mal versuchen.

»Wir brauchen einen Orientierungspunkt für dich. Welche ist die höchste Zahl, die du überschauen kannst? Eine Million? Eine Billion? Nehmen wir die Billion. Wahrlich eine unbedeutende Zahl, nebenbei bemerkt. Nun, es gibt Billionen Mal eine Billion und mehr Kreise wie deinen, die meine Wahrnehmung erfasst. Begreifst du langsam mein Problem?«

Nein, und dennoch nicke ich. Interessant ist der alte Mann allemal. Ich sitze da, mein starrer Blick zumindest an seiner Oberfläche ein wenig unstet, so viel ist sicher, und der alte Mann fährt fort.

»Tja, die Vergangenheit und selbst die Gegenwart stellen keine große Herausforderung dar. Alles hat sich ereignet oder ereignet sich gerade und ist miteinander verbunden. Und zwar linear. Da sind ein paar Zahlen von beträchtlicher Größe, um die es hierbei geht, und sie hängen alle zusammen, aber grundsätzlich ist es eine Frage der Buchführung, das Ganze geordnet zu halten. Eine Frage der Datenverarbeitung, wenn man so will. Die Zukunft jedoch ... ach, die Zukunft! Die ist noch mal ein volles Programm, absolut. Das ist mein Problem. Und auch deins, wie du sehen wirst.«

Jetzt bin ich ganz Ohr.

»Verstehst du? Alles ist da. Es gibt nichts, was nicht schon geschehen ist oder noch geschehen wird, das nicht da ist. Doch die Zukunft, tja, die ist ein einziges Knäuel, und manchmal weiß ich nicht, wo alles ist, bis es sich entwirrt. Es ist einfach zu viel, was man im Blick haben muss. Versteh mich nicht falsch, ich könnte dir sagen, was den Menschen ins Haus steht, selbst was dich anbelangt, aber es wäre ungerecht, es nur dir zu erzählen und keinem anderen, der an der gleichen Information interessiert ist. Die Regel ist, niemand darf etwas über die Zukunft wissen.

»Ich werde nie dahinterkommen, wie dieses Durcheinander entstehen konnte. Ich habe Fehler gemacht. Nostradamus war einer davon, aber ich habe meine Lektion gelernt.

»Wie auch immer, es ist alles arrangiert. Das Knäuel wird sich an seinen Enden so entwirren, wie ich es vorgesehen habe, allerdings unternehme ich gar nicht erst den Versuch, mich daran zu erinnern, wie es vonstattengeht. Es geht auf ewig vonstatten. Und begonnen hat es in der Zukunft. Verstehst du jetzt?«

Ich bekenne, ein vages Verständnis von der Lage zu haben, aber das ist nur die halbe Wahrheit.

»Womit wir jetzt bei dir und deinem Problem wären.«

Seine Worte versetzen mich in Spannung.

»Tja, du bist hier, weil du es so willst.«

Meine sichtliches Verstörtsein oder vielleicht auch das Lesen meiner Gedanken veranlassen ihn, ins Detail zu gehen.

»Nehmen wir einmal an, du wärst praktizierender Christ. Im Übrigen die letzte Religion, die ich favorisieren würde. All diese Heuchler. Wärst du also ein Christ, machte das die Sache leichter. Für mich genauso wie für dich. Nach dem Tod kämst du in den Himmel oder in die Hölle, je nachdem, worauf du dich kapriziert hättest. Jedem ist es gestattet, sich seine eigene Realität zu erschaffen. Die einzige Voraussetzung dafür, deine Realität Realität werden zu lassen, besteht darin, dass andere sich ebenfalls eine Realität erschaffen.

»Das sage ich den Leuten nicht, aber ich statte sie mit diesem Wissen aus. Deshalb laufen einige deiner Gattung durch die Gegend in dem Versuch, andere von ihrem Glauben zu überzeugen. Um ihn Wirklichkeit werden zu lassen.«

Ich fange an zu kapieren. Ein wenig.

»Du jedoch, du hast für ein Problem gesorgt. Niemand glaubt so wie du. Glaubt zumindest nicht fest genug. Oh, es hat ein paar gegeben, aber die sind hier, sind dort, sind verstreut und alle sind sie in der Zukunft. Du bist hier der Erste. Jetzt weißt du, weshalb es in deinem Jenseits keine Geister gibt. Ich entsinne mich dieser Frage in deinem Traum.

»Derzeit haben wir es mit etwa vier Millionen Möglichkeiten im jenseitigen Dasein zu tun. Zugegeben, die überwiegende Mehrheit befindet sich an einem von sieben oder acht Orten oder sagen wir, in Situationen, aber daneben gibt es sehr viel mehr Gebilde. Einige Welten haben nur ein oder zwei Bewohner. Bei den meisten kleineren ist das der Fall. Ich sag dir was: In dem Jenseits, das du erschaffen hast, werden es am Ende elf von euch sein.«

Er hat im Flüsterton gesprochen, als gebe er ein Staatsgeheimnis preis, und sich dabei nach vorn gebeugt wie ein Mitverschwörer. Er lehnt sich in seinem Stuhl zurück und fährt fort in seinem Monolog.

»Reden wir Tacheles. Du siehst, du befindest dich in der Zukunft. Schwierig wird es bei dir wegen deiner Besonderheit. Wärst du, wie gesagt, Christ oder Muslim oder Druide, gäbe es einen Ort für dich, der sich etabliert hat. Diese jenseitigen Leben waren zu ihrer Zeit derart beliebt, sie nahmen eine Ordnung an und Struktur und liefen praktisch von allein. Ich hätte dich in einem unterbringen können und alles wäre in Ordnung gewesen. Aber du, du musst dieser seltsamen Vorstellung anhängen, hast ein außergewöhnliches Schicksal für dich ersonnen, um genau zu sein, und ich bin nicht geneigt, deine Route auszuarbeiten. Und solche wie dich wird es immer mehr geben. Das wird sich zu einem logistischen Problem auswachsen.« Er seufzt. Zum ersten Mal sieht er steinalt aus. »Fälle wie deine habe ich bisher nolens volens in das große Knäuel geworfen.«

»Oh« – vermutlich will er ohne groß zu zögern gleich auf den Punkt kommen – »für dich existiert ein Plan, allerdings ist der etwas chaotisch und liegt so ziemlich in deiner Verantwortung. Ich weiß, worum es geht oder würde es wissen, wenn ich mich entschlösse, mir Zeit für die Erinnerung zu nehmen, aber das werde ich nicht. Was ich dir jetzt erzähle, könnte schwer nachzuvollziehen sein, also hör mir gut zu.«

Jetzt ist es an mir, mich nach vorn zu beugen.

»Als ich gesagt habe, ich würde dich nolens volens in dein Jenseits werfen, habe ich genau das gemeint. Für dich gibt es keine Reihenfolge mehr. Aus deinem Stück Draht ist kein Kreis geworden und die Zeit hat ihre

Bedeutung verloren. Nicht, dass sie jemals eine gehabt hätte.

»Während wir hier miteinander sprechen, war es 2001 nach Christus, 45 vor Christus, sechs Millionen Jahre vor Christus und der 4. Juni 1952 nach Christus. Dazu vier weitere Daten. Ich bin zu acht Zeiten gekommen und habe dich wieder verlassen, ohne dass du auch nur eine Ahnung davon hattest. Du meinst, es handele sich um einen fortlaufenden Zeitraum, aber es ist nicht an dem gewesen. Für diese Phase der Belehrung habe ich acht verschiedene Stücke deines Drahtes aneinandergefügt. Du musst es mir nachsehen, aber ich bin nun mal sehr beschäftigt.

»Dein Problem, zumindest aus deiner Sicht, ist das eines nicht gelösten Problems. Du bist nicht imstande zu erkennen, wie gleichgültig es dir war, dass sie dir dein Leben nahmen. Du hast dir vorgestellt davonzufliegen, zu entwischen, dann zurückzukommen, ihnen zu gestatten, dich hinzurichten, und mit alldem deine Position unter Beweis stellen zu können. Da es dir nicht gelungen ist, dieses Ziel zu erreichen, erachtest du dein Leben als sinnlos. Nun bin ich für meine Nachsicht berühmt und so wird dir eine zweite Chance gewährt. Aber ich warne dich, leicht wird es nicht werden.«

Sein Tonfall oder seine letzten Worte kümmern mich nicht. Unheilverkündend ist das Adjektiv, das mir dazu in den Sinn kommt.

»Die einzige Möglichkeit, dein Ziel zu erreichen, besteht darin, dein Leben erneut zu leben und zu gegebener Zeit eine bessere Entscheidung zu treffen. Bevor sie kommen, um dich zu vernehmen, könntest du, sagen wir mal, bereits einen Fluchtplan ausgearbeitet haben, von dem du überzeugt bist, dass er funktioniert, über einen Tunnel vielleicht. Du bist geständig und bevor sie dich festnehmen, entwischst du ihnen, nur um dich dann zu stellen und deine Strafe zu akzeptieren. So würde niemand dem Irrtum unterliegen, dass seine Handlungen sinnlos seien.«

»Das wäre nur *eine* mögliche Lösung«, fährt er rasch fort. »Du wirst fraglos in der Lage sein, sogar noch eine bessere zu finden.

»Indes ... «, er hält inne und meine Pulsfrequenz erhöht sich. Jetzt kommt die schlechte Nachricht. Ich weiß es.

»Ich kann dich dein vorheriges Leben nicht noch einmal leben lassen. Das Stück Draht ist verbraucht. Wir müssen ein neues für dich auftun, ein gleichartiges, in jeglicher Hinsicht. Was mir vorschwebt, tritt in fünftausend Jahren auf den Plan. Oder sind es sechstausend?« Dabei kratzt er sich an einer kleinen kahlen Stelle oben auf seinem Kopf.

Er muss mir die Bestürzung vom Gesicht ablesen, denn er fügt hinzu: »Es ist nicht so tragisch, wie du meinst. Die Zeit, die vergehen muss, wird dir Gelegenheit geben, das jenseitige Dasein hervorzubringen, das du für dich entworfen hast – als Sandkorn, als Asteroid, als Zelle im Flügel eines Grashüpfers et cetera. Es steckt alles im Plan. Du selbst hast ihn ersonnen, erinnerst du dich?«

Er schweigt. Endlich. Sein Blick ruht auf mir, während ich mich mit dem auseinandersetze, was er gesagt hat. In meinem Kopf arbeitet es, geht einiges drunter und drüber.

Mit einem Schlag erkenne ich den Kern dessen, was er gesagt hat. Mein ganzes Leben habe ich in dem Glauben verbracht, mir sei egal, was passiert, das aber war eine Täuschung. Ich habe gesagt, es kümmere mich nicht, doch in Wirklichkeit habe ich immer geglaubt, meine Philosophie verschaffe mir die Kontrolle über alles und jeden und somit absolute Freiheit. Hat sie aber nicht. Ich war mehr Sklave als jeder andere. Ich war den anderen mehr ausgeliefert als irgendwer sonst in meinem Universum. Weil mir alles egal war. Die, die nicht gleichgültig waren, gingen gegen Situationen an, die ihnen missfielen. Ich nahm die Dinge hin und die Folgen, die positiven wie die negativen. Deshalb habe ich die Kontrolle abgegeben und, indem ich das tat, jeden Anspruch auf Freiheit verwirkt. Ich sitze hier, bin sprachlos und frage mich, warum ich das bisher nie gesehen habe.

Meine Zähne mahlen aufeinander und ich schmecke das Salz in dem Wasser, das mir die Wangen herunterläuft. Bittere Frustration steigt in mir hoch. Ich stöhne, ich zittere, schlage die Hände vors Gesicht. Ich weine, weine, wie ich nie zuvor in meinem ganzen Leben geweint habe, aus meinem tiefsten Innern heraus, ein heftiges qualvolles Schluchzen, das mich durchrüttelt, an mir zerrt und mich zitternd und nach Atem ringend zurücklässt.

Und dann ist es vorbei. Ich bin ein anderer Mensch. Bei der Erinnerung daran, was der alte Mann gesagt hat, registriere ich das Fernbleiben jeglichen Gefühls. Eine zweite Chance. Mir wird eine zweite Chance gewährt. Das ist es. Hier ist meine Antwort. Ich werde diese Chance nutzen. Ich werde die fünf- oder sechstausend Jahre in völliger Gleichmut auf mich nehmen, egal, in welcher Form sie mir zugeteilt werden und dann ...

Werde ich es wieder genauso machen. Scheiß auf den alten Mann. Er will nur, dass ich ihm helfe, sein Chaos in den Griff zu bekommen. Fast wäre ich ihm auf den Leim gekrochen.

Ich ziehe meine Hände zurück und hebe den Kopf, mit klaren Augen, klar und leuchtend und frisch, meine Lippen öffnen sich, wollen etwas sagen und ...

Er ist weg.

Der alte Mann ist weg.

Und ich bin nicht auf dem Gipfel des Berges.

Ich bin wieder in meiner Zelle, im Todestrakt.

Und sechs Personen stehen vor meiner Tür.

Zwei Wärter, die aussehen wie massive Doppeltürme. Ein Priester, der an seinem Kreuz und dem Zingulum herumnestelt.

Lars, mein Gefängnisdirektor, der lächelnd die Zähne bleckt.

Mr. Timex, der Schließer.

Und ein weiterer Mann, bei dem es sich um den Henker handeln muss. Ich bin mir der Gegenwart der anderen bewusst, als der Schließer sich daranmacht, die Tür aufzuschließen, kann aber meinen Blick nicht von dem Henker abwenden und spüre mein Blut in den Adern gefrieren, spüre meine Eier sich in ihrem feuchten Sack zusammenziehen, fühle den Schweiß aus meinen Achselhöhlen strömen wie aus offenen Wunden. Ich erkenne seine rosa Augen wieder, diese fürchterlichen Augen mit dem Lächeln darin, und als er zu sprechen beginnt, sind es einfache Worte, aber die Stimme habe ich zuvor so oft gehört, bis zu diesem Augenblick immer auf einer Wiese.

»Hallo, Truman«, sagt er. »Ich bin Ihr Henker. Sind Sie bereit?«

Ich erwidere nichts, starre nur vor mich hin. Dann nicke ich und erhebe mich von meiner Pritsche. Ich lächle, fange ein wenig an zu kichern, kichere noch ein wenig mehr. Binnen Kurzem lache ich so heftig, dass mir die Tränen übers Gesicht laufen. Ich brülle vor Lachen, mein Gelächter schallt im gesamten Todestrakt wider. Fünf meiner Begleiter mustern mich verwundert; der sechste lächelt nur, ruhig und ohne etwas zu sagen. Ihm gelten meine Worte, als ich wieder zu Atem gekommen bin:

»Sie haben es fast geschafft. Sie waren so dicht dran«, und dabei halte ich Daumen und Zeigefinger in die Höhe. Ich stehe aufrecht da. »Gehen wir. Ich bin bereit.«

Alle zusammen verlassen wir die Zelle, kein Geräusch ist zu hören, nur Gelächter. Meins. Wir sind noch nicht ganz aus der Zelle, da weiß ich bereits, was mich erwartet: Menschen, die mehrere Reihen bilden, die die mit Kopfstein gepflasterte Straße säumen, die allesamt johlen und mich verhöhnen und lachen, mich anspucken und mir Steine entgegenschleudern. Ich gerate ins Straucheln und falle beinahe wegen der Schwere der Last, die auf meinen Schultern zu tragen ich mich plötzlich wiederfinde. Von meiner Stirn fließt Blut, rinnt mir in die Augen. Am Ende unseres Pilgerweges sehe ich die drei Bäume. Der linke und der rechte sind bereits vergeben. Die Eiche in der Mitte hat man mir zugedacht, ich weiß das und ich weiß, dass ich es immer gewusst habe. Ich drehe mich um und richte die Worte an den alten Mann, die ich zeit meines Lebens eingeübt habe:

»Vater, warum hast du mich verlassen?«

Please Allow Me To Introduce Myself

Ein Nachwort von Ekkehard Knörer

Mit dem ersten Wort wird der Leser in die Todeszelle geholt: »Ich sag Ihnen, wer in dieser Zelle lebt.« So legt einer, der Titelheld, los. Die Todeszelle, aus der heraus dieser Roman erzählt, erzählen lässt, ist eine Zone, in die er einen mit dem ersten Satz zieht – und dann steckt man fest. Es ist ein Ich, das da spricht, das hier zu sprechen ansetzt, das zu sprechen nicht mehr aufhören wird bis zum Schluss, zum letzten Satz, seiner endgültigen Transfiguration. Der Mann, der da spricht, trägt den Namen Truman Ferris Pinter, einen Namen, der spricht, aber wer das ist, Truman, der Vergewaltiger, Ich-Erzähler dieses Romans, das ist kaum oder gar nicht zu fassen. Der Mann ist gelehrt, er schreibt ziemlich geschwollen, drechselt mit Lust an der Prätention die Sätze im hohen, teils bibelnahen Register und wählt ungebräuchliche Wörter. Diesem Mann, seiner Suada, seinen selbstgefälligen Sätzen und Selbststilisierungen und delusions of grandeur liefert uns das Buch gnadenlos aus. Einem Mann, der über sich selbst sagt: »Ich bin ein Individuum, ein einzigartiges Individuum, und ich habe mich selbst erschaffen. Ich habe alles in meinem Leben selbst festgelegt, alle Standards gesetzt, alle Verhaltensmuster geprägt und alle Denkprozesse gesteuert, und ich bin Ich!«

Ein Möchtegern-Selfmade-Truman also, eingebildeter Schöpfer seiner selbst, einer, der eine Untat begeht aus Erhabenheit über die Gesetze des Menschen, der dem Opfer die Schuld gibt an seiner Tat und niemals sich selbst. Truman Pinter ist ein entfernter Verwandter des anderen großen Ich-Erzähler-Scheusals der amerikanischen Noir-Tradition, des banalen, sachlichen, abgrundlosen Lou Ford in Jim Thompsons »The Killer Inside Me« – einem Roman, der zwar den Leser genauso gnadenlos an seinen Erzähler kettet, nur spricht dieser ohne alle Exuberanz; es ist gerade die berichtsförmige Nüchternheit der Selbstaussprache dieses Subjekts, die seine Undurchschaubarkeit produziert. Eine Nullstufe von Subjektivität, der eine Nullstufe von Sprache und Erzählung entspricht: »Ich will alles erzählen, und zwar in der richtigen Reihenfolge, damit jeder kapiert, wie es gewesen ist.« Sehr viel ähnlicher als Lou Ford ist diesem Truman Ferris Pinter ein anderer, freilich sehr viel fluiderer Charakter, der unermüdliche Selbst-Neuerfinder Sam Springer aus Charles Willefords »Die schwarze Messe«. Die Sprachgewalt ist vergleichbar, der biblische Horizont ist es auch; wo allerdings bei aller Finsternis Willefords Romane ihren (mit James Joyce) »funferal«-Charakter niemals verlieren und ins Groteske tendieren, gehört zu den unangenehmen Zügen des Truman Pinter gerade die Aufgeblasenheit, mit der er noch Banalitäten ins Gewichtig-Lebensanschauliche transformiert.

Die Literaturwissenschaft spricht von »unzuverlässigen Erzählern«, aber das wäre im Fall des Truman Ferris Pinter sehr stark untertrieben. Er ist als Erzähler die Unzuverlässigkeit selbst. Womit nicht gesagt sein soll, dass er einfach nur lügt. Eher, so scheint es, hat er die Selbsttäuschung zur hohen Kunst entwickelt und glaubt, was er sagt. Aber nicht einmal das können wir wissen, der Text gibt uns nichts an die Hand, an dem wir die Behauptungen Truman Pinters verlässlich abgleichen können. Er ist ein Schwadroneur, das steht fest. Und Les Edgerton ist clever genug als Autor, in die schwellende und flutende Rede seines Erzählers genug Markierungen einzulassen, die auch seine tiefe Erbärmlichkeit sichtbar machen, die mehr als nur leise Zweifel erlauben an dem, was der Erzähler behauptet, an den geschilderten Wirkungen seines Sprechens und Tuns, an der Fähigkeit, sich selbst anders als im Licht seines herbeischwadronierten Selbstbilds zu sehen. Das stabilisiert sich jedoch nie zur Satire, die einzelne Darstellungen und Behauptungen definitiv untergräbt. Was genau bei der Vergewaltigung und dem Tod des Opfers vorgefallen ist, wissen wir nicht, es gibt Selbstwidersprüche und Unschärfezonen. Oder, anderes Beispiel: Wenn Pinter schildert, wie sehr er mit seiner Verteidigungsrede vor Gericht (die natürlich eine Anklagerede gegen Gott, die Welt und nicht zuletzt gegen das Opfer selbst ist) den Staatsanwalt einschüchtert und überwältigt, dann bleibt die Situation für den Leser intransparent, und zwar umso mehr, als man selbst ja keineswegs unbeeindruckt ist vom Redeschwall dieses widerwärtigen Mannes, in den sich Les Edgerton mit einem Furor hineinschreibt, der selbst etwas Unheimliches hat. Denn hier spricht ein Autor in Zungen, und daran hängt auch der Erfolg der Konstruktion: Jede klare Distanz, jede Objektivierung, jede Stabilisierung des Verhältnisses zwischen Erzähler und Leser wäre fatal, hätte die Verstoßung des Lesers aus der Todeszelle zur Folge, er könnte sich retten ans sichere Ufer der distanzierten Beobachtung einer Pathologie.

Diese Option gibt es nicht. Die pathologische Persönlichkeit Truman Ferris Pinter knallt einem Satz für Satz voll ins Gesicht. Der Leser als Beichtvater, nur dass der Vergewaltiger und Mörder nicht beichtet, sondern mit seinen Untaten prahlt und kein Schuld-, sondern eher ein Glaubensbekenntnis verfasst, noch nicht einmal eine Rechtfertigung seiner Taten, sondern eher etwas wie das Schlussdokument seiner Unzugehörigkeit zu nicht weniger als der Menschheit. So endet, was als Selbstaussprache eines Teufels begann, dem nichts Menschliches außer der Menschlichkeit fremd ist, in der Apotheose als gekreuzigter Christus.

Flugtechniken

Das Buch hat ein Motto, und es hat drei Teile. Das Motto lautet »Vergangenheit, Gegenwart und Zukunft existieren gleichzeitig, wie unsere Träume beweisen.« Die drei Teile sind überschrieben »Die Gegenwart«, »Die Vergangenheit« und »Die Zukunft«. In der amerikanischen Ausgabe wird das Motto John Donne als »recurrent theme« zugeschrieben, also dem englischen Prediger-Dichter und metaphysical poet des 16./17. Jahrhunderts. Diese Zuschreibung ist unerklärlich, denn John Donne ist gar nicht gemeint, diese These hat mit ihm nichts zu tun. Vielmehr war die Gleichzeitigkeit von Vergangenheit, Gegenwart und Zukunft das wiederkehrende Thema eines ganz anderen Schreibers und Denkers, der zu seiner Zeit sehr populär war, von Autoren wie Aldous Huxley und J.B. Priestley für einen bedeutenden Mann gehalten wurde und heute umso gründlicher vergessen ist, nämlich John William Dunne (1875 - 1949).

Eine sehr interessante, vermutlich nur als Aristokrat im kolonialen Großbritannien mögliche Figur, deren Lebensmotive in Les Edgertons Roman auf mehreren Ebenen Widerhall finden. Zunächst einmal nämlich war Dunne Soldat; als Leser Jules Vernes hatte er schon früh Fantasien von tollkühnen Männern in fliegenden Kisten, wobei es vor allem die fliegenden Kisten waren, auf die er sich warf. Er wurde Flugzeugingenieur, brachte sich die nötigen Kenntnisse im Selbststudium bei und setzte bei der Vogelbeobachtung gewonnene Erfahrungen um. Die komplett rumpflosen Flugzeuge, die er entwarf, waren stabil, flogen auch, sind heute aber eine Fußnote der Technikgeschichte – ein Seitenzweig, der ohne Fortsetzung blieb. Im Licht der Flugfantasien von Truman Ferris Pinter ist schon dieses biografische Moment in Dunnes Leben interessant.

Nach dem Scheitern seiner Flugzeugentwicklerkarriere stürzte er sich aufs Fliegenfischen, schrieb ein Buch darüber, in dem es unter anderem um die Herstellung möglichst lebensechter Köder geht. Vor allem aber ging die Reise nach innen: John William Dunne setzte sich auf die Spur eigener präkognitiver Traumerlebnisse, aus denen er sehr weitreichende Schlussfolgerungen zog, die er in einer Serie von Büchern seit 1927 entwickelte. Das erste und einflussreichste dieser Bücher trug den Titel »An Experiment With Time«; es folgten weitere mit Titeln wie »The Serial Universe«, »The New Immortality« und »Nothing Dies«. Die darin entwickelte Philosophie der Zeit nannte er »Serialismus« – und sie besagt in der Tat nichts anderes als das, was das Motto behauptet.

Aus Träumen entwickelt, durch das Phänomen des Déjà-vu belegt, lautet Dunnes These: Vergangenheit, Gegenwart, Zukunft, die Idee – und mehr als die Idee: die unabweisbare Wahrnehmung – der Zeit ist eine Illusion. Alles ist immer schon gewesen und wird immer noch sein. Jeder Begriff von Zeit löst sich, hat man das verstanden, auf in eine Allgleichzeitigkeit, in der es zum Beispiel möglich wird, die eigene Vergangenheit in traumgleichen Zuständen aufzusuchen, sich wie der zum Tode verurteilte Truman Pinter wieder als Baby an der Mutterbrust liegen zu sehen und den Zwiebelgeruch wieder zu hassen. Die Gegenwart wird porös, die Zukunft wird erzählbar, als wäre sie – was sie in der Theorie des »Serialismus« auch ist – längst schon gewesen. Rede also vom Weltgebäude herab, dass keine Zeit und damit kein Tod sei. Auch Jorge Luis Borges hat Dunne gelesen und seine Schlüsse für eine zeitlose Zukunft gezogen: »Gott, unsere Freunde und Shakespeare werden mit uns zusammenarbeiten.« (Keiner sagt, dass unter der serialistischen Prämisse nicht gewisse Paradoxien auftreten.)

Wie hoch auch immer man die philosophische Güte von John William Dunnes Theorien einschätzt - durchgesetzt haben sie sich nun eher nicht –, es ist keine Frage, dass Les Edgerton sie mit diesem Roman als Erzählanordnung nachzubauen versucht, die Gegenwart, Vergangenheit und Zukunft ineinanderschlingt, als Form eines ganz an das eine Subjekt ausgelieferten Erzählens, das eine große Durchlässigkeit für Realien und Fantasien, Fakten und Träumen besitzt. Dunnes Zeittheorie ist dabei, so abseitig sie sein mag, und noch in ihrer entschiedenen

Abseitigkeit, ein typisches, und typisch wahrheitssucherisches Projekt der Moderne, so etwas wie der vulgäre kleine Bruder von Prousts erzählerischen Zeitrevolutionen.

Das macht »The Rapist« durchaus zu einem merkwürdigen Anachronismus; schließlich war für die Noir-Tradition, in der das Buch mit seinem brutalen Blick auf alles Menschliche zweifellos steht, die Befrachtung mit esoterischen Zeitrelativierungstheorien nicht unbedingt ein Desiderat. Das Ergebnis ist jedoch faszinierend – und konsequent. Der eher realistische Ausgangspunkt (der sich wie in vielen anderen seiner Bücher Edgertons eigener Knasterfahrung verdankt) ist hier nur das – notwendige, überzeugende – Sprungbrett. Die kurze Frist, die noch bleibt, ist gerade der Grund für die erzählerische Zeit-Kompression. Truman Ferris Pinter wird als Erzähler zur Scheherazade seiner selbst, der den Tod aufhebt, indem er weitererzählt. Die Zeit, die davontickt und flieht, wird dabei mit Flügen ins Vergangene, in die Zukunft nicht einfach nur entfaltet, geweitet und an den Rand der inneren erzählerischen Nachvollziehbarkeit geführt. Die Aufhebung der Zeiten ist zugleich Todesvision und letzte, verzweifelte Anmaßung eines sterbenden Größenwahnsinnigen.

Darum spricht Truman Ferris Pinter, Vergewaltiger, Mörder, traumgebeutelter Schwadroneur ohne Reue, zuletzt die Worte des Menschensohns. Wo er stirbt, stirbt er im Bild seiner selbst als Erlöser.

Das größte Gotteswort des leidenden Christus, sein »Eli, eli lama sabachthani«, eines der kanonischen »Sieben letzten Worte«, die er der Menschheit zur Deutung seiner selbst aufgab, ist das letzte Wort des sterbenden Truman, der als Erzähler noch in seinen eigenen Tod hineinspricht. »Der Vergewaltiger« ist also weder Beichte noch Bericht, eher ein Testament, eine Rede des angemaßten Christus in der Todeszelle vom Weltgebäude herab, dass kein Gott sei. Ein finsteres Evangelium, Leben und Werk des Erlöser-Satans Truman, von keinem Geringeren als ihm selbst erzählt. Von seiner Auferstehung wird zum Glück nichts berichtet.

Zum Verfasser des Nachwortes:

Ekkehard Knörer, geboren 1971, Kulturwissenschaftler, Kritiker. Mitherausgeber der Zeitschrift Merkur, Mitgründer und Mitherausgeber von Cargo. Film/Medien/-Kultur. Texte u.a. für taz und Freitag.

Zur den Übersetzern:

Ango Laina (Heinz-M. Vogel), geboren 1947 in Faßberg (Celle). Er ist Buchhändler, Diplomdesigner und studierte Ägyptologie, Iranistik, Klassische Archäologie und Finnougristik in Hamburg. Er schrieb Feuilletons und Kritiken für den Rundfunk und veröffentlichte in Zeitschriften und Anthologien. Seit Ende der 80er Jahre arbeitet er auch als Übersetzer für Englisch, Französisch, Ungarisch.

Angelika Müller, geboren 1954 in Berlin, Magister in Germanistik und Politologie, zeichnet seit 1988 als Lektorin und Übersetzerin für die Reihe Pulp Master verantwortlich und lässt sich von Rammstein und Velvet Underground inspirieren.

Pulp 45

Les Edgerton
PRIMAT DES ÜBERLEBENS

ISBN 9783927734937, € 14,80, Ca. 320 S., Deutsche Erstausgabe in Vorbereitung

Jake Bishop ist voll resozialisiert und träumt gemeinsam mit seiner Frau Paris den amerikanischen Traum, der sich als eigener Friseursalon materialisieren soll. Doch seine kriminelle Vergangenheit holt Bishop ein, und zwar in Gestalt seines ehemaligen Zellenkumpels Walker, der ihm im Knast das Leben rettete und nun, frisch entlassen, im Gegenzug etwas Starthilfe einfordert. Sich des über seinem Kopfe schwebenden Damoklesschwertes bewusst – einer bei der nächsten Verurteilung anstehenden lebenslangen Haftstrafe –, lehnt Jake entschlossen ab. Doch der Auftraggeber im Hintergrund hat Jakes Schwachstelle längst ausgemacht und zwingt ihn, den Einbruch bei einem lokalen Juwelier durchzuziehen …

Ein rabenschwarzer Noir des US-Autors Les Edgerton, der hier eindrucksvoll zeigt, wie schnell Stigmatisierung und gesellschaftliche Unfreiheit in ein Pandämonium menschlicher Abgründe führen können.